ငါ့လက်ဖဝါးပေါ်

မှာ ကြာပန်း

Karatala Kamala

Translated to Burmese from the English version of Lotus on my Palm

Devajit Bhuyan

Ukiyoto Publishing

ကမ္ဘာလုံးဆိုင်ရာ ထုတ်ဝေခွင့်အားလုံးကို ချုပ်ကိုင်ထားသည်။

Ukiyoto ထုတ်ဝေရေး

2024 ခုနှစ်တွင်ထုတ်ဝေခဲ့သည်။

အကြောင်းအရာ မူပိုင်ခွင့် © Devajit Bhuyan
ISBN 9789362697431

မူပိုင်ခွင့်ကိုလက်ဝယ်ထားသည်။

ထုတ်ဝေသူ၏ ကြိုတင်ခွင့်ပြုချက်မရှိဘဲ၊ အီလက်ထရွန်နစ်၊ စက်ပိုင်းဆိုင်ရာ၊ မိတ္တူကူးခြင်း၊ မှတ်တမ်းတင်ခြင်း သို့မဟုတ် အခြားနည်းဖြင့် မည်သည့်ပုံစံဖြင့်မဆို ပြန်လည်ထုတ်ဝေခြင်း၊ ထုတ်လွှင့်ခြင်း သို့မဟုတ် ပြန်လည်ထုတ်ယူခြင်းစနစ်တွင် သိမ်းဆည်းခြင်းမပြုရ။ စာရေးသူ၏ ကိုယ်ကျင့်တရားဆိုင်ရာ အခွင့်အရေးများကို အခိုင်အမာဖော်ပြခဲ့သည်။

ဤစာအုပ်သည် ထုတ်ဝေသူ၏ ကြိုတင်ခွင့်ပြုချက်မရှိဘဲ၊ ရောင်းဝယ်ခြင်း သို့မဟုတ် အခြားနည်းဖြင့် ထုတ်ချေးခြင်း၊ ပြန်လည်ရောင်းချခြင်း၊ ငှားရမ်းခြင်း သို့မဟုတ် အခြားနည်းဖြင့် ထုတ်ဝေခြင်းမပြုရ၊ ထုတ်ဝေသူ၏ ကြိုတင်ခွင့်ပြုချက်မရှိဘဲ စည်းနှောင်မှု သို့မဟုတ် ကာဗာပုံစံမှလွဲ၍ အခြားမည်သည့်ပုံစံဖြင့်မဆို ရောင်းချသည် ထုတ်ဝေခဲ့သည်။

www.ukiyoto.com

ကျွန်စာအုပ်သည် Śrīmanta Śa ṅ karadeva နှင့် ခွေး၊ မြေခွေးနှင့် မြည်းတို့၏ ဝိညာဉ်သည် တစ်ဆူတည်းသော

ဘုရားသခင်ဖြစ်သည်ဟု ယုံကြည်သော ကမ္ဘာတဝှမ်းရှိ

လူအပေါင်းတို့အား ရည်စူး၍ ရည်စူးထားပါသည်။

(Kukura Shrigalo Gadarbharu Atma သုံးထီး၊ janiya xabaku koriba pranam)

"အရှင်မြတ်သည် ခွေး၊ မြေခွေး၊ မြည်းတို့၏ ဝိညာဉ်ပြင် တည်တော်မူ၏။

သိလျက်နဲ့ သတ္တဝါအားလုံးကို လေးစားတယ်"

- Srimanta Sankardev (၁၄၄၉-၁၅၆၈)၊

မာတိကာ

နိမိတ်ဖတ် 1

ငါ့လက်ဖဝါးပေါ်မှာ ကြာပန်း 4

Sankardeva ၏ရိုးရှင်းသောဘာသာတရား 5

မြတ်စွာဘုရား၏ တင်ပြချက် 6

Sankardeva တစ်ဖန်ပြန်လာသင့်သည်။ 7

Sankardeva ၏ဘာသာတရား၌ 8

Sankardeva တွင်ငြင်းဆန်ပါ။ 9

တပည့်များသည် Sankardeva သို့ သွားရောက်လည်ပတ်ကြသည်။ 10

Universal Guru Sankardeva 11

အာသံရွှေ 12

Sankardeva မှ Brindavani bastra (အထည်) 13

နှလုံးသားဘုရင် 14

Sankardeva မှထွက်ခွာ 15

Lord Shiva ၏ခြေထောက်များ 16

ဘာသာတရားက ပိုက်ဆံကို ချုပ်ကိုင်ထားတယ်။ 17

ဆုတောင်း 18

ပိုက်ဆံ 19

အာသံကြွေ 20

လူ 21

ချိုင့်ဝှမ်း 22

အာသံ ရှင်သန် 23

အရက်ရှောင်ပါ။ 24

စစ်ပွဲ	25
တော်တယ်	26
ဘယ်သူမှ မသေနိုင်ပါဘူး။	27
ရောင်စုံပွဲတော် (Holi)	28
Chital	29
ပွဲတော်ရာသီ	30
အသက်	31
မင်းအမေကိုချစ်ပါ။	32
ဧပြီလ	33
ဒသရထာ (ရာမနုပုံပြင်)	34
ဘာရတ	35
Lakshmana	36
လဘ (ရာမ၏သား)	37
ဘုရားသခင်ကို ရှာဖွေခြင်း။	38
ရိုးသားသောလမ်းကြောင်း	39
စိတ်ကို ဂရုစိုက်ပါ။	40
အချိန်မဖြုန်းပါနဲ့။	41
စိတ်ဝေဒနာ	42
ခန္ဓာကိုယ်ကို ဂရုစိုက်ပါ။	43
ကလေးလမ်းလျှောက်	44
Madan ရဲ့ ဟာသ	45
Coco အံ့သြဖွယ်အကောင်	46
လေတိုက်သည်။	47

သဘာဝဆေးဖက်ဝင်အပင်များ	48
ကြောက်စိတ်	49
သစ်ပင်တွေကိုကြောက်တယ်။	50
ပြောင်းလဲလာသော ပါတီ (အိန္ဒိယ) နိုင်ငံရေး၊	51
အရောင်သစ်	52
နောင်ဘဝ၌ တွေ့ဆုံခြင်း။	53
အနိုင်ကျင့်တယ်။	54
ဘုန်းကြီး	55
နေထွက်ပါစေ။	56
Bharata၊ မြန်မြန်လုပ်	57
အားလုံးကိုချစ်တယ်။	58
အဲတော့ မင်း အလုပ်စလုပ်တယ်။	59
ကွယ်လွန်ချိန်တွင်	60
အိမ်က စာငှက်	61
ငွေရောင်တောက်တောက်များ	62
အလုပ်လုပ်ဖို့ အဆင်သင့်ဖြစ်ပါစေ။	63
အောင်မြင်သောဘဝ	64
ရွှေအာသံ	65
ဖယောင်းတိုင်	66
Awadh Kingdom	67
ကဗ္ဗီပါ	68
လသည်	69
ယုန်	70

စကားများရန်ဖြစ်	71
ကြံ့ ရှင်သန်ရန် တိုက်ပွဲ	72
မြစ်လျှိုင်း	73
ခြင်	74
ဗေဒင်ဆရာ	75
အသက်ခြောက်ဆယ်	76
မဆွေးမြေ့သော အမေ	77
ချစ်သော အာသံ	78
မေတ္တာပလိန်ချည်	79
အိမ်နှင့်မိသားစုအချက်အလက်များ	80
ငွေသည် ပင်ပန်းသောအလုပ်မှ ဝင်လာတတ်ပါသည်။	81
နွားသိုး	82
ဒေါသ	83
အပူမူတ် အအေးမူတ်ပါ။	84
သစ္စာရှိခြင်း။	85
နှစ်သစ်မှာ ချစ်ခြင်းမေတ္တာနဲ့	86
မတ်လမှပြီလအတွင်းအာသံ၏ရာသီဉတု	87
ပြီလ၏အချစ်	88
ထူးဆန်းသောကမ္ဘာ	89
အမေ့ရဲ့အချစ်	90
မိုးတိမ်	91
အလွဲသုံးစားလုပ်ခြင်း။	92
ရှေးရှေးတုန်းက	93

တန်ဖိုးမဲ့အချစ် 94
အဟုမ်သည် အနစ်ခြောက်ရာ အဆက်မပြတ် အုပ်စိုးခဲ့သည်။ 95
ငါအောင်မြင်မည်။ 96
မီးလောင်နေသော ပန်းပင် 97
အာရပ်လူမျိုးများ 98
တောတွင်း 99
Khaddar (ကာဒီအထည်) 100
အသံအမွေးနှံသာ (သစ်ခွာဆီ) 101
ရေဘေး 102
အလုပ်၏ အသီးအနံ့ (အလုပ်)။ 103
မနာလိုမှု 104
အားလုံးပုံမှန်အတိုင်းသွားမယ်။ 105
လိပ် 107
ကျီးကန်းနှင့် မြေခွေး 108
သင်၏ကိုယ်ပိုင်ဖြေရှင်းချက်ကိုရှာပါ။ 109
မင်းကိုဘယ်သူမှ ဆွဲထုတ်မှာမဟုတ်ဘူး။ 110
မနာလို၊ မနာလို၊ မနာလိုစိတ် 111
သေဆုံးခြင်းနှင့် မသေနိုင် 113
ရည်ရွယ်ချက်တော့ မသိဘူး။ 114
ကျွန်တော်တို့ရဲ့ ခက်ခက်ခဲခဲရတဲ့ငွေတွေ ဘယ်မှာ ပျောက်ကွယ်သွားလဲ။
.... 115
မွန်ငူ 117
ဘုရားကောင်းချီးများ 118

သစ်သားသေတ္တာ ပိုကောင်းတယ်။ 119

ငါ ဖုတ်ကောင်တွေနဲ့ အသက်ရှင်နေတယ်။ 120

ပြီးတော့ ဘဝက ဒီလိုပါပဲ။ 121

အသဲကွဲ 123

ရပ်တန့်နိုင်သောနည်းပညာ 124

ကျားမ မညီမျှမှု 125

တစ်နေ့ကျရင် မှန်မျက်နှာကျက် မရှိတော့ဘူး။ 126

ဘုရားသခင်သည် သူ၏ဆုတောင်းအိမ်များကို စိတ်မဝင်စားပါ။ 127

စာရေးသူအကြောင်း 129

Devajit Bhuyan

နိမိတ်ဖတ်

Srimanta Sankaradeva ကို 1449 ခုနှစ် တွင် အိန္ဒိယနိုင်ငံ အရှေ့မြောက်ပိုင်း အာသံ ခရိုင် Nagaon ခရိုင် Bardowa တွင် မွေးဖွားခဲ့ပြီး လက်ဖက်ရည်နှင့် ချို့တကောင် တို့၏ ကျော်ကြားသော ကြွေဖြစ်သည်။ Sankaradeva သည် ငယ်စဉ်ကတည်းက မိဘများကို ဆုံးရှုံးခဲ့ရပြီး ကလေး၏ ကြီးပြင်းလာမှုတာဝန်သည် အလွန်လေးစားစရာကောင်းသော ဤတာဝန်ကို ထမ်းဆောင်ခဲ့သော အဖွားအပေါ်တွင် ကျရောက်ခဲ့သည်။ နုပျိုသောအရွယ်တွင်ပင် Sankara သည် ကြီးမားသော စိတ်နှင့် ခန္ဓာကိုယ်ကို ပြသခဲ့သည်။ ဤအချိန်၌ သဘာဝလွန်ဖြစ်ရပ်များစွာလည်း ဖြစ်ပွားခဲ့ပြီး ၎င်းသည် သာမန်ကလေးမဟုတ်ကြောင်း သက်သေပြခဲ့သည်။ Sankaradeva ၏ပထမဆုံးသီကုံးသည်ကျောင်းတွင်ပထမဆုံးသောနေ့၌ရေးသောကဗျာမှာ *karatala kamala kamala kamala dala nayana* ဖြစ်သည်။

"কৰতল কমল কমল দল নয়ন।
ভব দব দহন গহন-বন শয়ন॥
নপৰ নপৰ পৰ সতৰত গময়।
সভয় মভয় ভয় মমহৰ সততয়॥
খৰতৰ বৰ শৰ হত দশ বদন।
খগচৰ নগধৰ ফনধৰ শয়ন॥
জগদঘ মপহৰ ভৱ ভয় তৰণ।
পৰ পদ লয় কৰ কমলজ নয়ন॥

(ကာရာတလာ ကာမလ ကာမလဒလနယာန

Bhavadava dahana gahana vana sayana
Napara napara para satarata gamaya
Sabhaya mabhaya bhaya mamahara satataya
Kharatara varasara hatadasa vadana
ခဂ္ဂိရာ နာဂါဒရ ပရိဝါရ သာသနာန

Jagadagha mapahara bhavabhaya tarana
ပရပဒလေယာကာ ကာမလဇယာန)"

ဒီကဗျာရဲ့ထူးခြားချက်ကတော့ ဗျည်းတွေ လုံးဝ ရေးစပ်ထားတာ ဖြစ်ပြီး ပထမ ကလွဲလို့ တခြား သရတွေ မပါပါဘူး။ သမိုင်းကြောင်းကတော့ Sankaradeva ကို ကဗျာရေးဖို့ တောင်းဆိုတဲ့ အသက်ကြီးတဲ့ ကျောင်းသားများစွာနဲ့ ကျောင်းမှာ အတူတူ ထားရှိခဲ့တာ ဖြစ်ပါတယ်။ သူသည် အက္ခရာ၏ ပထမသရကို သင်ယူခဲ့သော်လည်း လိုက်လျောညီထွေဖြစ်ခဲ့သည်။ ရလဒ်မှာ Lord Krishna ၏ ဂုဏ်တော်များကို ရည်စူး၍ အလွန်ချို့မြိန်သော ကဗျာတစ်ပုဒ်ဖြစ်သည်။ Srimanta Sankaradeva ကို Assamese လူမှု-ယဉ်ကျေးမှုဘဝ၏ဖခင်အဖြစ်သတ်မှတ်ထားသည်။ သူသည် သက္ကတဘာသာစကားမှ ဆင်းသက်လာသော Assamese ဘာသာစကားကို ခေတ်မီအောင် လုပ်ဆောင်ခဲ့သော ဘိုးဘေးတစ်ဦးလည်း ဖြစ်သည်။

Srimanta Sankardeva သည် အိန္ဒိယနိုင်ငံ၏ အကြီးကျယ်ဆုံး လူမှုရေးနှင့် ဘာသာရေး ပြုပြင်ပြောင်းလဲရေး သမားတစ်ဦးလည်း ဖြစ်သည်။ သူသည် 15 ရာစုအတွင်း အိန္ဒိယနိုင်ငံတွင် ရရှိနိုင်သော ဘာသာရေးအတွေးအခေါ်အားလုံးကို လေ့လာခဲ့ပြီး ဟိန္ဒူဘာသာခေါ်ဆိုသူ Eka Saranan Naam Dharma ဂိုဏ်းသစ်ကို သာသနာပြုသည်။ ဟိန္ဒူဘာသာမှ ကင်းစင်ခဲ့သည်။ ဟိန္ဒူဘာသာတွင် ပျံ့နှံ့နေသော ဘုရားသခင်၏နာမတော်ဖြင့် တိရစ္ဆာန်ယဇ်ပူဇော်ခြင်းကို ဆန့်ကျင်သည်။ သူသည် ဟိန္ဒူယဉ်ကျေးမှု၏ ဇာတ်စနစ်ကိုလည်း ဆန့်ကျင်ပြီး ဇာတ်နှင့် အယူဝါဒကို ပေါင်းစပ်ရန် ကြိုးစားသည်။ သူ၏ကျော်ကြားသောစကား "Kukura Shrigala Gordoboru atma Ram, janiya sabaku koriba pronam" - *ခွေး၊ မြေခွေး၊ မြည်း၊ လူတိုင်း၏ဝိညာဉ်သည်* Rama *ဖြစ်သည်၊ ထို့ကြောင့် လူတိုင်းကို လေးစားပါ။* ဤအရာသည် လူသားဝါဒသို့ရောက်ရှိပြီး ယေရှု၏ *"အပြစ်ရှိသောသူကိုမုန်းသည်မဟုတ်"* ဟူသောစကားကဲ့သို့ လူသားတို့အား အယူခံဝင်ခဲ့သည်။

Srimanta Sankaradeva မှပြသခဲ့သည့်လမ်းကြောင်းအတိုင် ကျွန်ုပ်သည် အာသံဘာသာစကားဖြင့် ကဗျာစာအုပ်သုံးအုပ်ဖြစ်သည် Karatala Kamala၊ Kamala

Dala Nayana နှင့် Borofor Ghor တို့ကို မသုံးဘဲ ကာရာ၊ သရသင်္ကေတကို အသုံးမပြုဘဲ အိန္ဒိယဘာသာစကားတွင် ပျံ့နှံ့နေပါသည်။ Sanskrit မှဆင်းသက်လာသည်။ "ငါ့လက်ဖဝါးပေါ် ရှိကြာပန်း" စာအုပ်သည် အာသံဘာသာစကားဖြင့် ရေးသားထားသော "ကာရာတလာ ကမာလာ" စာအုပ်၏ ဘာသာပြန်ဖြစ်သည်။ သရများမသုံးဘဲ စာအုပ်ကို အင်္ဂလိပ်လို ဘာသာပြန်ရန် မဖြစ်နိုင်သောကြောင့် ဘာသာပြန်ခြင်းသည် မူရင်းကဗျာများ၏ အနှစ်သာရနှင့် အနှစ်သာရကို အနှောက်အယှက်မဖြစ်ဘဲ မူရင်းကဗျာများကို ထိန်းထားခြင်းဖြစ်သည်။ စာဖတ်သူများ ဤကဗျာစာအုပ်ကို ကြိုက်နှစ်သက်ကြပြီး Srimanta Sankaradeva ၏ သွန်သင်ချက်များနှင့် အတွေးအခေါ်များကို ကမ္ဘာက သိလိမ့်မည်ဟု မျှော်လင့်ပါသည်။

___Devajit Bhuyan

ငါ့လက်ဖဝါးပေါ်မှာ ကြာပန်း

ဘူပန်းပင်အောက်မှာ Sankardeva က အိပ်နေတယ်။
နေရောင်ခြည်သည် သူ့မျက်နှာပေါ်တွင် တောက်ပနေ၏။
မြွေဟောက်သည် ဓင်းကို သတိပြုမိပြီး နေရောင်ခြည်သည် Sankar ကို စိတ်အနှောက်အယှက်ဖြစ်စေသည်ဟု တွေးမိသည်။
မြွေဟောက်သည် ဓင်း၏သစ်ပင်တွင်းမှ ဆင်းလာပြီး အရိပ်ပေးသည်။
ဒါကို သူငယ်ချင်းတွေနဲ့ အနီးနားက လူတွေက မြင်တော့ အားလုံး အံ့ဩသွားတယ်။
Sankardeva သည် ဘုရားသခင်ထံမှ ကောင်းကင်ကောင်းချီးများ ရရှိရမည်ဖြစ်သည်။
အက္ခရာအပြည့်အစုံကို မလေ့လာမီ သူ၏ ပထမဆုံးကဗျာကို ရေးခဲ့သည်။
လူတွေက သူ့ရဲ့ကျမ်းပိုဒ်တွေကို နှလုံးသားထဲက ချစ်ကြပြီး ချီးမွမ်းစပြုလာကြတယ်။
သို့သော် တိရစ္ဆာန်ယဇ်ပုရောဟိတ်များက မေးခွန်းများစွာမေးကြသည်။
ဘုရင်က Sankardeva ကို ဆင်သုံးပြီး သူ့အလောင်းကို သတ်ဖို့ အမိန့်ပေးခဲ့တယ်။
သို့သော် သူသည် ဘုရားသခင်၏ ကျေးဇူးတော်ဖြင့် ဒဏ်ရာကင်းစွာ လွတ်မြောက်ခဲ့သည်။
Sankara သည် ဆယ်စုနှစ်တစ်ခုကျော်ကြာ အသိပညာဆည်းပူးရန် သန့်ရှင်းသောနေရာများသို့ သွားရောက်ခဲ့သည်။
Assamese တွင် မသေနိုင်သောကျမ်းများစွာကို ရေးစပ်ပြီး ဉာဏ်အလင်းပြန်ရခဲ့သည်။
ငါ့လက်ဖဝါးပေါ်က ကြာပန်းကို မသေနိုင်တဲ့ အစိတ်အပိုင်းတစ်ခုဖြစ်တဲ့ အာသံပြည်သူတွေ နှစ်သက်နေတုန်းပါပဲ။
စကြဝဠာချစ်ခြင်းမေတ္တာနှင့် ညီရင်းအစ်ကိုများအကြောင်း သူ၏သွန်သင်ချက်များသည် အာသံကို ချမ်းသာစေခဲ့သည်။

Sankardeva ၏ရိုးရှင်းသောဘာသာတရား

လောက၏သာသနာသည် ချစ်ခြင်းမေတ္တာဖြစ်သည်။

ချစ်ခြင်းမေတ္တာလမ်းစဉ်သည် ကောင်းသောအလုပ်နှင့် ပွတ်တိုက်မှုမဟုတ်ပါ။

စိတ်က ဖြူစင်လာတဲ့အခါ အချစ်လမ်းက လွယ်ပါတယ်။

ရိုးရိုးရှင်းရှင်းနှင့် အားလုံးကို ချစ်မြတ်နိုးခြင်းသည် ကောင်းသောဘာသာတရားဖြစ်သည်။

ဒေါသကြောင့် ဘာသာတရားနှင့် ချစ်ခြင်းမေတ္တာလမ်းသည် ရပ်တန့်သွားသည်။

အခြားသူများ၏ ဘာသာတရားသည် ပူအိုက်သည်ဟု အမြဲပြောလေ့ရှိသည်။

တခြားသူတွေရဲ့အမြင်တွေကို ဘယ်တော့မှ လေးစားသည်းမခံပါနဲ့။

ထို့ကြောင့် ဘာသာတရားသည် မောဟနှင့် နိမ်နင်းရန် ကိရိယာများ ဖြစ်လာသည်။

အချစ်ဆိုတာ ရိုးရှင်းပြီး ပြောဖို့လွယ်ပေမယ့် လိုက်နာဖို့ ခက်ပါတယ်။

ထို့ကြောင့် ဤသာသနာတော်သည် ပေါင်းပင်များကဲ့သို့ မည်သည့်အခါမျှ မပြန့်ပွားပါ။

လူတွေက လောဘဇောနဲ့ ဘုရားဖူးသွားကြတယ်။

သို့သော် Sankar Deva ၏ဘာသာတရားသည်နောက်လိုက်ရန်လွယ်ကူသည်၊ သင်မလိုအပ်ပါ။

အရက်သည် ကယ်တင်ခြင်းသို့ သွားရာလမ်းမဟုတ်သလို အပြစ်မဲ့တိရစ္ဆာန်များကို သတ်ဖြတ်ခြင်းလည်း မဟုတ်ပါ။

အကြောက်တရားနှင့် လောဘသည် အလုပ်နှင့် ဘဝ၏ပန်းတိုင်မဟုတ်ပေ။

ချစ်ခြင်းမေတ္တာသည်သာလျှင် စစ်မှန်သောဘာသာတရား၏မြှားတစ်စင်းဖြစ်သည်။

ငွေ၊ လောဘ၊ မုန်းတီးမှုနှင့် ကြွက်သားစွမ်းအားများသည် ကျေနပ်မှု၏လမ်းစဉ်မဟုတ်ပါ။

Sankar Deva ၏စကားအရ ဆန္ဒမပါဘဲ ဆုတောင်းခြင်းသည် ကယ်တင်ခြင်းရစေပါသည်။

မြတ်စွာဘုရား၏ တင်ပြချက်

ဘုရားသခင်သည် သူ၏ခန္ဓာကိုယ်မှ ပုံတူပွားခြင်းဖြင့် လူသားများကို ဖန်ဆင်းခဲ့သည်။ ကျွန်ုပ်တို့၏အသက်တာကို ထိုတန်ခိုးရှင်ထံ အပ်နှံသင့်သည်။
သူခြေဖဝါးပေါ်မှာ ကြာပန်းနဲ့ ဆုတောင်းကြပါစို့
အချိန်၏မြှားသည် သူ၏ဆန္ဒကို ရပ်တန့်လိုက်ပြီး ဘဝအားလုံး ကုန်ဆုံးသွားသည်။
အရှင်ရာမ၏ညီ 'ဘာရတ' သည် ဒသရသမင်းကြီး၏ အိမ်တော်၌ ဖွားမြင်စဲ့
Rama သည် ချစ်ခြင်းမေတ္တာ၊ လေးစားမှုနှင့် ကတိကဝတ်များ၏ အရေးပါမှုကို ပြသခဲ့သည်။
Diwali အလင်းပွဲတော်ကို အဆိုးကို အကောင်းဘက် အောင်ပွဲအဖြစ် ကျင်းပသည်။
Rama သည် မကောင်းမှုနှင့် အကျင့်ယိုယွင်းမှု၏ သင်္ကေတဖြစ်သော Ravana ကို ဖျက်ဆီးပြီး အိမ်သို့ပြန်လာခဲ့သည်။
သစ္စာတရား၊ တရားဥပဒေစိုးမိုးရေးကို သာတူညီမျှယုံကြည်မှု ဘာသာရပ်အားလုံးကို ချစ်ခင်မြတ်နိုးမှုဖြင့် ထူထောင်ခဲ့သည်။
ရာမကို ကိုးကွယ်ဆည်းကပ်သူ Sankar Deva ၏ ဆုံးမသြဝါဒသည် အတူတူပင်ဖြစ်သည်။
အာသံရှိလူများသည် Sankar Deva မှပြသောလမ်းကိုယနေ့ထိတိုင်လိုက်နာဆဲဖြစ်သည်။
ဇာတ်၊ ကိုးကွယ်ယုံကြည်မှု၊ ဘာသာရေးမုန်းတီးမှု မာရ်နတ်သည် Sankar Dev ၏ပြည်၌ မကြိုဆိုပါ။
သူ၏ သွန်သင်ချက်နှင့် ဆုတောင်းခြင်းစနစ်အားဖြင့် သူ၏ဘာသာတရားသည် အလင်းရောင်ဖြစ်လာခဲ့သည်။

Sankardeva တစ်ဖန်ပြန်လာသင့်သည်။

Sankar Dev သည် သူ၏ ဘာသာရေးနိယာမကို သင်ကြားရန် အာသံသို့ တဖန်ပြန်သင့်သည်။

ဝေဒနာနှင့် ယှဉ်သော ကွဲပြားမှုကို ပယ်ဖျောက်နိုင်၏။

ဘာသာရေး၊ လူမှုရေးနှင့် ကျား၊မ ခွဲခြားဆက်ဆံမှုများသည် သူပြည့်၍ မမြင်ရသောပေါင်းပင်များ

သူ၏သွန်သင်ချက်များမှသာလျှင် လူ့အသိုင်းအဝိုင်းအတွင်း မုန်းတီးမှုနှင့် ကွဲလွဲမှုများကို ချေမှုန်းနိုင်သည်။

သူရောက်ရှိနေခြင်းသည် Assamese နှင့် Indian people မှရောဂါအများစုကိုဖယ်ရှားလိမ့်မည်။

Sankardeva ပြန်လာသင့်ပြီး Assam သည်ကမ္ဘာကြီးတွင်ပြန်လည်တောက်ပသင့်သည်။

သူ၏နှစ်ခြင်းခံခြင်းနှင့် တပည့်ဖြစ်စေခြင်းစနစ်သည် ကမ္ဘာလုံးဆိုင်ရာဖြစ်လာမည်ဖြစ်သည်။

လူတွေရဲ့ အတွေးအမြင်တွေ ပြောင်းလဲလာပြီး ညီအကိုတွေ တိုးပွားလာမယ်။

သူ၏ ဆုတောင်းဓိမာန်ဖြစ်သော "နမ်ဂါ" သည် အမြင့်အသစ်သို့ ပြောင်းလဲသွားမည်ဖြစ်သည်။

အသေးအမွှားဘာသာရေးအဆိပါယ်တွင် ကွဲလွဲမှုများနှင့် ရန်ဖြစ်မှုများ ကွယ်ပျောက်သွားလိမ့်မည်။

Assamese လူမျိုးများ၏ အတွေးအခေါ်သည် ပွင့်လင်းလာမည်ဖြစ်ပြီး ပိုမိုကျယ်ပြန့်လာကာ လူများ ပေါင်းစည်းလာမည်ဖြစ်သည်။

ကမ္ဘာကြီးရဲ့ လူမှုယဉ်ကျေးမှုပတ်ဝန်းကျင်မှာ တိမ်မည်းမည်းတွေ ကွဲပြားနေတာကို ဘယ်တော့မှ မတွေ့ရတော့ပါ။

Sankardeva ၏ဘာသာတရား၌

Sankardeva ၏ခြေရင်း၌ကြာပန်းကိုထားကြပါစို့
တစ်ကမ္ဘာလုံးတွင် သူ၏တပည့်ဖြစ်စေကြပါစို့
Sankardeva ၏ဘာသာတရားသည်အလွန်ရိုးရှင်းသည်။
ဘုရားသခင်သည် ထူးခြားပြီး ထုတ်ဖော်ပြောဆိုခြင်းထက် သာလွန်သည်ဟု သူကပြောသည်။
သူ၏ကောင်းချီးများအတွက် ဘုရားသခင်၏ကိုယ်ပိုင်ဖန်ဆင်းခြင်းကို စတေးရန်မလိုအပ်ပါ။
ဖြူစင်သောစိတ်ဖြင့် ဘုရားသခင်ထံဆုတောင်းပြီး အလွန်ရိုးရှင်းပါသည်။
ဘုရားသခင်သည် နေရာတိုင်းတွင်ရှိပြီး မည်သည့်နေရာ၌မဆို အချိန်မရွေးဆုတောင်းပါ။
ချစ်မြတ်နိုးရုံသာမက တိရိစ္ဆာန်နိုင်ငံအားလုံးကိုလည်း စစ်မှန်သောဘာသာတရားဖြစ်သည်။
စိတ်ကို ရဲရင့်စေပြီး ကောင်းသောအကျင့်ကို ကျင့်ပါမှ ဉာဏ်အလင်းရလာမည်။

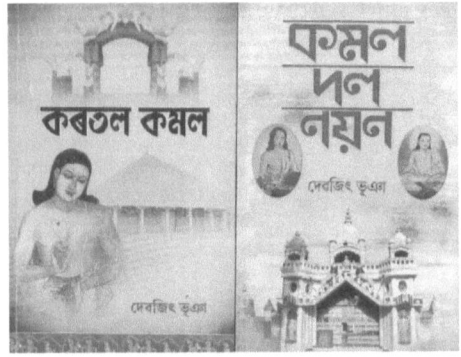

Sankardeva တွင်ခြင်းဆန်ပါ။

စိတ်သည် အမြဲမတည်မငြိမ်ဖြစ်နေသည်။
ငှင်းကိုကျော်ဖြတ်ရန် Sankar ၏လမ်းကြောင်းသည်ရှိုးရှင်းသည်။
အသက်ကြီးလာသောအခါ ငွေကြေးချမ်းသာမှုသည် ချမ်းသာမှုကို
ပေးမည်မဟုတ်ပေ။
လူစည်ကားသော ကမ်းခြေအနီးတွင်ပင် တစ်ယောက်တည်း လမ်းလျှောက်ရမည်။
ကိုယ့်အိမ်မှာတောင် စကားပြောဖို့ လူငယ်တွေ စိတ်ဝင်စားမှာ မဟုတ်ဘူး။
စိတ်၏ ဝေဒနာသည် အဆများစွာ တိုးပွားလိမ့်မည်။
ဘဝ၏နောက်ဆုံးသောနေ့ရက်များအတွင်း အခြားသူများကို အဘယ်ကြောင့်
ဝန်ထုပ်ဝန်ပိုးဖြစ်စေသနည်း။
စိတ်နှလုံးပွင့်လန်းပြီး စိတ်ဆန္ဒမှန်သမျှဖြင့် ဘုရားသခင်ထံ ဆုတောင်းပါ။
Sankar ၏ကျမ်းချက်များသည် ကယ်တင်ခြင်းသို့ရောက်ရန်
စိတ်အနှောက်အယှက်ဖြစ်စေမည့်လမ်းကြောင်းကိုပြမည်မှာ သေချာပါသည်။

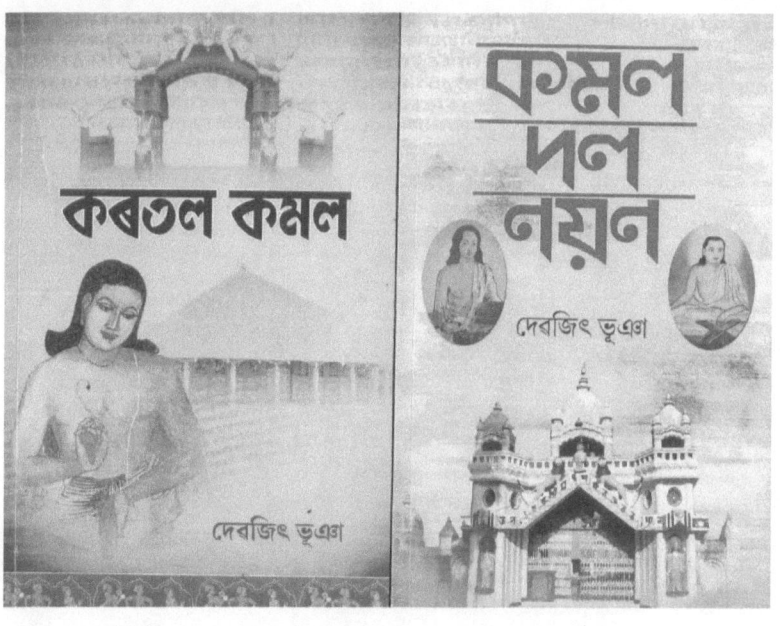

တပည့်များသည် Sankardeva သို့ သွားရောက်လည်ပတ်ကြသည်။

လက်ပေါ်မှာ ကြာပန်း
ခြေလျင်လျှောက်ပါ။
'ကွတ်ခ်' အသံ၊
Sankardeva ၏ရောက်ရှိခြင်းကိုဖော်ပြသည်။
တပည့်တွေ ဝမ်းသာသွားကြတယ်။
Sankardeva နဲ့ တွေ့ဆုံလိုတဲ့ ဆန္ဒတွေ ပေါ်လာခဲ့ပါတယ်။
Sankardeva က တောက်ပတဲ့ နေရောင်နဲ့တူတယ်။
တပည့်များသည် သူ၏ တောက်ပမှုကို မြင်လျှင် အံ့ဩကြသည်။
သူတို့နှုတ်မှ ဆုတောင်းသံများ စတင်ထွက်ပေါ် လာသည်။
Sankardeva ၏ခြေရင်းကို ကောင်းကင်ဘုံ၌ ပျော်ရွှင်စွာ တို့ထိခဲ့ကြသည်။
တပည့်တွေရဲ့ဘဝ အောင်မြင်လာတယ်။
Sankardeva က သူတို့ကို သူ့ရဲ့ခေတ်မီပြီး ရိုးရှင်းတဲ့ဘာသာမှာ နှစ်ခြင်းပေးခဲ့တယ်။
Sankardeva ၏သွန်သင်ချက်များသည် တောမီးကဲ့သို့ တဖြည်းဖြည်း ပျံ့နှံ့သွားခဲ့သည်။
အာသံမြို့၏ ကောင်းကင်၊ လေထုနှင့် အိမ်များ သည် သူ၏ ဂါထာကို စတင်ရွတ်ဆိုခဲ့သည်။
အာသံ ၏ လူမှု ယဉ်ကျေးမှု သည် သင်တန်း အသစ် ကို ခံယူ ခဲ့ သည် ။

Universal Guru Sankardeva

Sankardeva သည် လူသားတို့အတွက် universal Guru ဖြစ်သည်။
သူသည် ကောင်းမွန်မှု၊ သာတူညီမျှမှုနှင့် ဝိညာဉ်ရေးဆိုင်ရာ သင်္ကေတဖြစ်သည်။
မည်သူမျှ သို့မဟုတ် သူနှင့် တူညီလိမ့်မည် မဟုတ်ပါ။
Sankardeva ၏ ခေတ်ပြိုင်ပုံစံ အနည်းငယ်ကိုသာ မြင်တွေ့နိုင်သည်။
ဘုရားသခင်တစ်ဆူတည်း၏စာချွန်တော်၊ ဆုတောင်းချက်တစ်ခုနှင့်
ညီအစ်ကိုအသင်းအပင်းများ ပြန့်ပွားခဲ့သည်။
လူတွေရဲ့စိတ်ထဲမှာ အမှောင်ထုက မြန်မြန်ပျောက်ကွယ်သွားတယ်။
လောဘကြီးပြီး ကြမ်းကြုတ်သူတွေ သတိပြန်ဝင်လာတယ်။
Sankardeva သည် အချိန်တိုင်း၏ အကြီးကျယ်ဆုံး ပြဇာတ်ရေးဆရာနှင့်
ဒါရိုက်တာဖြစ်သည်။
သူ၏ပြဇာတ်များသည် အလွန်လျင်မြန်စွာ ပြန့်နှံ့ခဲ့ပြီး Assamese ယဉ်ကျေးမှု၏
ကျောရိုးဖြစ်လာခဲ့သည်။
Sankardeva ၏ ရှုပါရုံသည် လူသားများအတွက်သာ ကန့်သတ်ထားခြင်း မဟုတ်ပါ။
ရင်းသည် ဤကမ္ဘာကြီး၌ရှိ သက်ရှိသတ္တဝါတိုင်း၏ အသက်ကို လွှမ်းခြုံထားသည်။
Sankardeva, Assamese လူမျိုး၏အစဉ်အမြဲဘုရားသခပျသည့ူ။

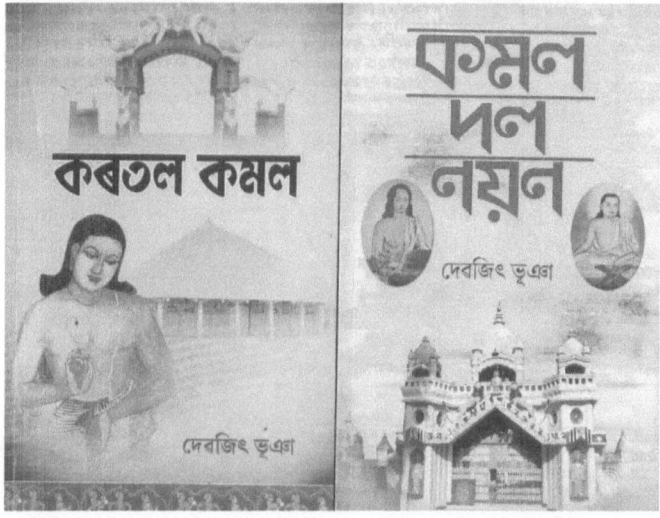

အာသံရွှေ

ဟာဇရတ်၏အိမ်သည် အာရပ်နိုင်ငံတစ်ခုဖြစ်သည်။
ရေမွှေးသည် မိမိစိတ်နှင့် ဘာသာတရားကို အလွန်နှစ်သက်သည်။
ဆော်ဒီအာရေဗျတွင် မွေးဖွားသော ဘာသာတရားသစ်မှာ ဟာဇရက်သည်
ပရောဖက်ဖြစ်သည်။
ဘာသာတရားသည် ရုပ်တုများကို စွန့်ပယ်ပြီး ဘုရားတစ်ဆူတည်းကိုသာ ကိုးကွယ်ခဲ့သည်။
ထုံးတမ်းစဉ်လာမဟုတ်သော ဘာသာတရားသစ်သည် လျင်မြန်စွာ ရေပန်းစားလာခဲ့သည်။
ဟဂျ်ဘုရားဖူးခရီးသည် နှစ်စဉ် ထုံးတမ်းစဉ်လာတစ်ခု ဖြစ်လာသည်။
များမကြာမီတွင် အခြားဘာသာဝင်များနှင့် ရန်ဖြစ်မှုများ စတင်ခဲ့သည်။
ဘာသာရေး သည်းမခံနိုင်မှုကြောင့် စစ်ပွဲ ဖြစ်ပွားခဲ့သည်။
ကမ္ဘာပေါ် ရှိ လူများသည် ဘာသာရေး ပဋိပက္ခကြောင့် များစွာ ဒုက္ခရောက်ခဲ့ကြရသည်။
အာရပ်ကမ္ဘာမဟုတ်တဲ့လူတွေက ဆင်းရဲဒုက္ခတွေအတွက် မိုဟာမက်ကို အပြစ်တင်တယ်။
Sankardeva သည် ညီအစ်ကိုအသင်းအပင်းနှင့် ဘာသာတရားအားလုံးကြားရှိ
စကြဝဠာချစ်ခြင်းမေတ္တာအတွက် တရားဟောခဲ့သည်။
အစ္စလမ်ဘာသာ၏ နောက်လိုက်များသည်လည်း သူ၏တပည့်များ ဖြစ်လာခဲ့သည်။
အာသံတွင် ဘာသာရေး စစ်ပွဲများ သို့မဟုတ် ပဋိပက္ခများ မဖြစ်ပွားခဲ့ပေ။
လူအဖွဲ့အစည်းသည် စည်းလုံးညီညွတ်မှုဖြင့် ရှေ့သို့ တိုးလာခဲ့သည်။
Sankardeva သည် သူ့ကိုယ်သူ အာသံ၏ရွှေဖြစ်ကြောင်း သက်သေပြခဲ့သည်။

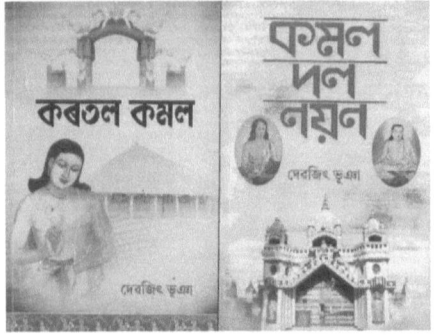

Sankardeva မှ Brindavani bastra
(အထည်)

သူ၏တပည့်များနှင့်အတူ Sankardeva သည် ကြီးကျယ်ခမ်းနားသောအထည်ကို စတင်ယက်လုပ်ခဲ့သည်။
လက်ရာမြောက်တဲ့ ဖန်တီးမှုမှာ ပါဝင်ခဲ့တဲ့သူတိုင်း ဝမ်းသာပါတယ်။
Lord Krishna ၏ဇာတ်လမ်းကို ဤအဝတ်တစ်ထည်ဖြင့် ပုံဖော်ထားသည်။
Brindavani bastra ၏အလှကို တစ်ကမ္ဘာလုံးက အံ့အားသင့်နေကြသည်။
ဤထူးခြားသောအထည်အပိုင်းအစသည် Assamese ရက်ကန်းနှင့်အထည်အလိပ်လုပ်ငန်း၏သရဖူဖြစ်လာခဲ့သည်။
တခါတရံတွင် အင်္ဂလိပ်တို့သည် အာသံသို့ ရောက်ရှိလာပြီး အုပ်စိုးရှင်ဖြစ်လာသည်။
Brindavani bastra ကို လန်ဒန်သို့ ခေါ်ဆောင်သွားခဲ့သည်။
ဇင်းသည် Sankardeva နှင့် Assam ၏ရက်ကန်းသမားတို့၏ဂုဏ်အသရေအဖြစ်ဖြီတိသျှုပြုတိုက်တွင်တောက်ပနေဆဲဖြစ်သည်။

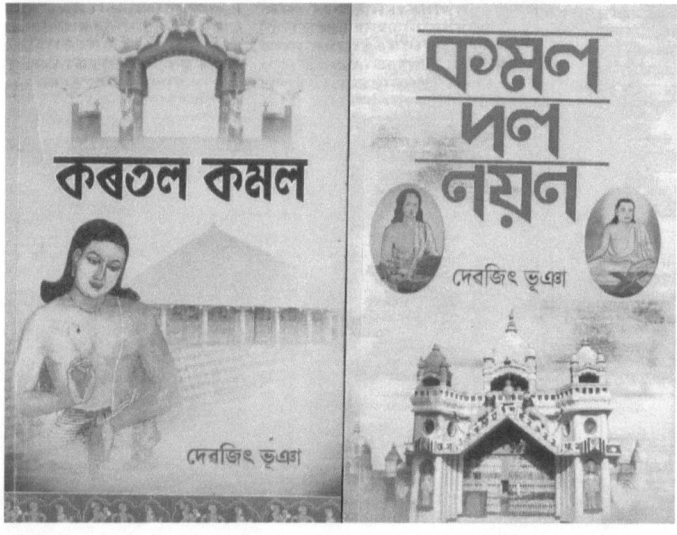

နှလုံးသားဘုရင်

အာသံလူမျိုးများအတွက် Sankardeva သည် စိတ်နှလုံးဘုရင်အသစ်ဖြစ်လာသည်။
အာသံမိုးကုပ်စက်ဝိုင်းတွင် သူသည် တောက်ပသောနေရောင်ကဲ့သို့ နှင်းဆီပန်းများပွင့်သည်။
သူ၏ နှုတ်ကပတ်တော်များနှင့် သွန်သင်ချက်များသည် လေတိုက်သလို ဖြစ်လာသည်။
အာသံသည် သူ့အတွက် မီးမောင်းထိုးပြလာသည်။
သူ၏ရေးသားချက်များသည် ပြုပြင်ပြောင်းလဲထားသော ဟိန္ဒူဘာသာအတွက် ဘာသာရေးစာသားဖြစ်လာခဲ့သည်။
သူ့နောက်လိုက်၊ တပည့်ဖြစ်ဖို့ လူတွေက သိုးစုတွေ လာကြတယ်။
ထုံးတမ်းမလေ့အရ ဟိန္ဒူဘာသာသည် သာမန်လူများအတွက် ရိုးရှင်းလာသည်။
အမျိုးဇာတ်၊ ကိုးကွယ်ယုံကြည်မှု ချမ်းသာမှုနှင့် ဆင်းရဲမှုတို့၏ အတားအဆီး ပြိုပျက်သွားသည်။
လူတွေက သူ့ကို စာနဲ့ စိတ်ဓာတ်နဲ့ လိုက်ကြတယ်။
အာသံတွင် အငြင်းပွားဖွယ်မရှိသော နှလုံးသားဘုရင်အဖြစ် နန်းတက်ခဲ့သည်။

Sankardeva မှထွက်ခွာ

Sankardeva မွေးဖွားခြင်းမှအနှစ်တစ်ရာနှစ်ဆယ်လွန်ခဲ့သည်။
Saint Sankardeva သည် ကမ္ဘာမှ ထွက်ခွာမည့်အချိန်ကို ရောက်ရှိနေပြီဖြစ်သည်။
Sankardeva သည် မည်သည့်ဘုရင်ကို သူ၏တပည့်ဖြစ်စေရန် ဆုံးဖြတ်ခဲ့သည်။
သို့ရာတွင် အာသံဘုရင် နာရနရယနက သူ့ကို ဗတ္တိဇံပေးခိုင်းသည်။
Sankardeva သည် ဘုရင်အား ပိုမိုဖိအားမပေးမီ လောကီဘဝမှ ထွက်ခွာရန် ဆုံးဖြတ်ခဲ့သည်။
သူသည် ကောင်းကင်ဘုံသို့ ထွက်ခွာသွားပြီး တပည့်တော်များအား ဘဏ္ဍာရှိသမျှကို ပေးလှူခဲ့သည်။
အာသံနှင့် ဘင်္ဂလားတစ်ပြည်လုံးသည် သူထွက်ခွာသွားသည့်အတွက် တုန်လှုပ်သွားကြသည်။
လူတွေက ရက်အတော်ကြာအောင် ငိုပြီး မျက်ရည်တွေက မိုးရွာသလို ကျသွားတယ်။
Sankardeva သည် သူ၏ဘာသာရေးစာများနှင့် အခြားစာများအားဖြင့် မသေနိုင်ဖြစ်လာသည်။
ယနေ့အချိန်အထိ သူ၏ကျမ်းပိုဒ်များနှင့် အရေးအသားများသည် Assamese ဘာသာစကား၏ ကျောရိုးနှင့် ဂန္ထဝင်များဖြစ်သည်။

Lord Shiva ၏ခြေထောက်များ

ဤလောက၌ ပြဇာတ်၏အဆုံးသည် သခင်ရှိဝအားဖြင့် ဖြစ်ပေါ်လာ၏။ သေခြင်းတရားသည် သူ၏မှန်ထံတွင် အသက်ကို ရောင်ပြန်ဟပ်ခြင်း၏ အဆုံးဖြစ်သည်။

Lord Shiva သည် ဤစကြာဝဠာတွင် ပြီးပြည့်စုံသော အကသမားဖြစ်သည်။ သူ၏ထာဝရကခုန်မှု၏ပွတ်တိုက်မှုတွင်၊ ကြယ်များနှင့်ဂြိုလ်ကွယ်ပျောက် သူခေါ်ဆိုမှုတွင် နဂါးငွေ့တန်းများပင် သေဆုံးပြီး တွင်းနက်များ ဖြစ်သွားသည်။ သခင်ရှိဝသည် ဖြူစင်သောစိတ်ဖြင့် ဆုတောင်းခြင်းဖြင့် အလွယ်တကူ ကျေနပ်နိုင်သည်။

အသက်နှင့်သေခြင်းသည် ဖန်ဆင်းခြင်းနှင့် ပျက်စီးခြင်း၏ တစ်စိတ်တစ်ပိုင်းဖြစ်သည်။ Lord Rama နဲ့ Krishna တို့တောင်မှ သေခြင်းမှ လွတ်ကင်းနိုင်မှာ မဟုတ်ဘူး။ သေမင်း၏နတ်ဘုရား ယာမမင်းပင်လျှင် အရှင်ရှိဝ၏ တမန်တော်မျှသာဖြစ်သည်။

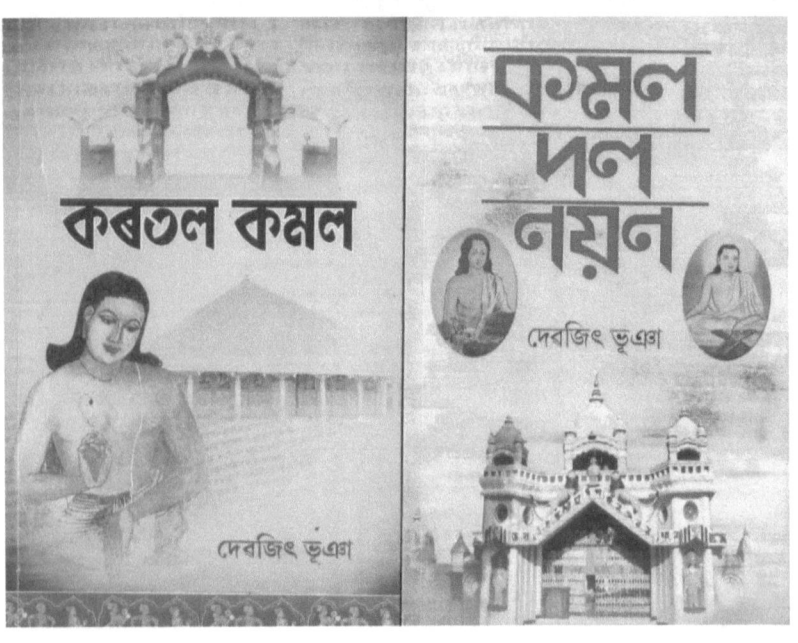

ဘာသာတရားက ပိုက်ဆံကို ချုပ်ကိုင်ထားတယ်။

ယခုကမ္ဘာကြီးသည် အပြစ်တရားများနှင့် မသန့်ရှင်းသော လုပ်ဆောင်မှုများနှင့် ပြည့်နေပါသည်။
တောင်ထိပ်နဲ့ ပင်လယ်နက်တွေတောင် အလကားမရသူး
ရိုးရှင်းတဲ့ ဘဝကို ဘယ်သူမှ မကြိုက်ပါဘူး။
အပြစ်ပင်လယ်ထဲမှာ ရေကူးရင်း အလုပ်ရှုပ်နေကြသူတွေပါ။
ဘာသာတရားတွေက ငွေကို ချုပ်ကိုင်ထားတယ်။
ရာဇဝတ်ကောင်များသည် ငွေကြေးအာဏာဖြင့် ဘာသာတရားတွင် နေလယ်နေခင်းရှိသည်။
ယဇ်ပုရောဟိတ်သည် ရာဇဝတ်ကောင်များကို သန့်ရှင်းသောရေချိုးခြင်းဖြင့် ချီးမွမ်းသည်။
တစ်နေ့တွင် ဘုရားသခင်သည် ပြန်လည်အသက်ဝင်လာမည်ဖြစ်သည်။
ကမ္ဘာကြီးသည် အမှန်းတရား၊ အပြစ်နှင့် ရာဇဝတ်မှုများမှ ကင်းစင်လိမ့်မည်။

ဆုတောင်း

စိတ်ကို သန့်ရှင်းစေရန် ဆုတောင်းခြင်းသည် မရှိမဖြစ်လိုအပ်သည်။
လူတွေရဲ့ ပင့်ကူအိမ်တွေကို ဖယ်ရှားဖို့က အရေးကြီးပါတယ်။
ဖြူစင်သောစိတ်ဖြင့် ဆုတောင်းရမည်။
ဆုတောင်းခြင်း၏ရလဒ်ကို ကျွန်ုပ်တို့သာလျှင်ရှာတွေ့နိုင်သည်။
သက်ရှိတိုင်းအတွက်၊ ကျွန်ုပ်တို့သည် ကြင်နာရမည်။
လောဘကြောင့် ကျွန်ုပ်တို့၏စိတ်သည် ကြီးတပ်၍ မျက်စိကန်းလာသည်။
ဆုတောင်းခြင်းဖြင့်သာ ကျွန်ုပ်တို့ စိတ်ကို ဖြေဖျောက်နိုင်ပါသည်။
ဆုတောင်းခြင်းသည် အထီးကျန်ခြင်းအတွက်
အရေးကြီးသောအစိတ်အပိုင်းတစ်ခုဖြစ်သည်။
မျှော်လင့်ခြင်းမရှိဘဲ ဆုတောင်းခြင်းသည် စိတ်သဘောထားကို ပြောင်းလဲနိုင်သည်။
ဆုတောင်းခြင်းဖြင့် စိတ်သည် ဖြူစင်ကျန်းမာပြီး သန်မာလာသည်။
ကြမ်းတမ်းသောစကားများသည် လျှာမှထွက်မလာသင့်ပါ။

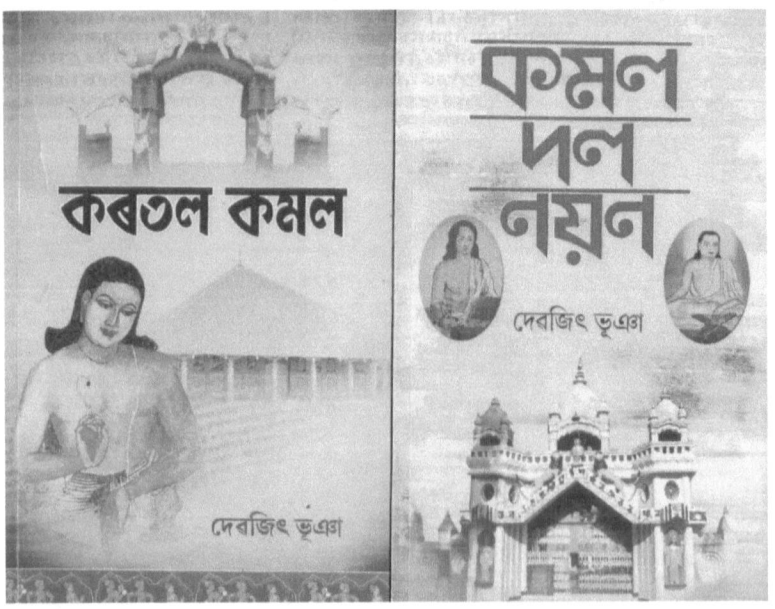

ပိုက်ဆံ

ယနေ့ခေတ်တွင်၊ ငွေသည် လူသား၏ပန်းတိုင်ဖြစ်သည်။
ငွေဝင်လာသောအခါ၊ ၎င်းသည် ဝိညာဉ်ကို ကောင်းကင်ဘုံသို့ သယ်ဆောင်လာသည်။
ဒါပေမယ့် ငွေအတွက် လောဘအရမ်းကြီးတာက စိတ်ကို စွဲလမ်းစေပြီး တည်ငြိမ်စေပါတယ်။
လိုအပ်ချက်တွေ ပြည့်ပြည့်စုံစုံ ဖြည့်တင်းဖို့၊ ရှင်သန်ဖို့ ကြားခံအဖြစ် ငွေက လိုအပ်တယ်။
သို့သော် ငွေလိုချင်ခြင်းသည် မလိုအပ်ဘဲ လောဘတစ်ခုသာဖြစ်သည်။
ငွေက သစ်ပင်မှာ ဘယ်တော့မှ မပေါက်တာ အမှန်ပါပဲ။
ဒီကမ္ဘာကြီးမှာ မင်းပိုက်ဆံ အလကားမရဘူး
ဝင်ငွေရှာရန်၊ ကြိုးစားအားထုတ်မှုသည် တစ်ခုတည်းသောသော့ချက်ဖြစ်သည်။
မင်းရဲ့ကမ္ဘာဟာ ဘယ်တော့မှ ကောင်းကင်ဘုံဖြစ်လာမှာမဟုတ်ဘူး။
လောဘလွန်ကဲခြင်းသည် ပျူးရည်ကိုပင် ခါးစေသည်။
ငွေသည် သင်၏နောက်ဆုံးခရီးတွင် သင့်အဖော်မဖြစ်ပါ။

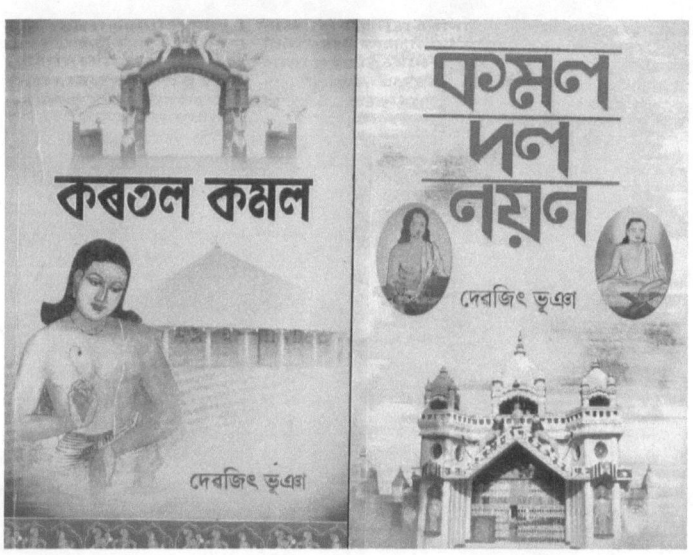

ငါ့လက်ဖဝါးပေါ်မှာ ကြာပန်း

အာသံကြို

အို မင်းရဲ့လူသား၊ အရှက်နည်းနည်းရှိပါစေ။
အပြစ်မဲ့ကြ၏ ဦးချို့ကို မလုယူပါနှင့်
အာသံသည် ဤဦးချို့သတ္တဝါကြောင့် ကျော်ကြားသည်။
ငှင်းတို့၏ ရှင်သန်မှုအတွက် အေဂျင်စီများနှင့် လက်တွဲလုပ်ဆောင်ပါ။
သူတို့နေရပ်၌ မုဆိုးမသတ်ပါနှင့်
ရိုင်းရိုင်းစိုင်းစိုင်း လာလည်ကြတဲ့ သူတို့အတွက် ချစ်ခြင်းမေတ္တာလမ်းကို ဖန်တီးပါ။
သူတို့က အာသံရဲ့ ဘုန်းဘုန်းနဲ့ အထီးကျန်ကလေး
မုဆိုးတွေက ကြို့ကိုသတ်တဲ့အခါ နာကျင်ခံစားရတယ်။
ဝါးရုံအနီးတွင် ကျင်လည်ကျက်စားသောအခါ အလှကို ကြည့်ပါ။
Kaziranga သည် လူငယ်လူရွယ်များစွာကို အသက်မွေးဝမ်းကြောင်းပြုခဲ့သည်။
မင်းရဲ့ရွှေအဖြစ် ဒီတိရစ္ဆာန်ကို ကာကွယ်ဖို့ မစ်ရှင်မှာ စေတနာ့ဝန်ထမ်းလုပ်ပါ။

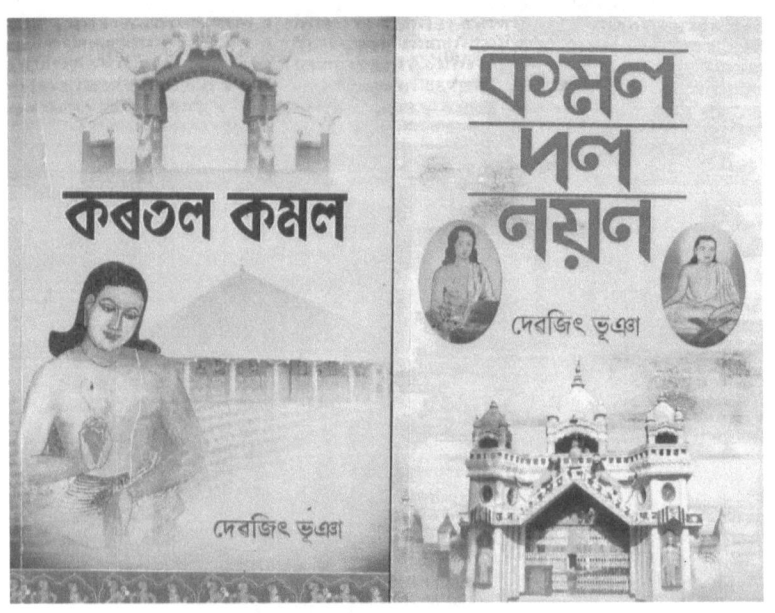

လူ

လူ! နောက်ထပ်ကမ္ဘာစစ်ကို သင်မစတော့ပါ။
အချင်းတို့၊ သင်တို့သည် စစ်ပွဲကိုရပ်၍ ရပ်တန့်ကြလော့။
စစ်ပွဲတွေ ဆက်လုပ်နေရင် ကမ္ဘာကြီး ပျက်စီးဖို့ မဝေးပါဘူး။
လူ့လောကနှင့် ယဉ်ကျေးမှု၏ အခြေခံအုတ်မြစ်သည် ယိမ်းယိုင်သွားလိမ့်မည်။
လမ်းတွေ၊ အဆောက်အဦတွေ၊ တံတားတွေ အကုန်ပျက်ကုန်လိမ့်မယ်။
နာရီပိုင်းအတွင်း လှပသောမြို့ကြီးများ ပျက်စီးသွားလိမ့်မည်။
သစ်တောများနှင့် တောရိုင်းတိရစ္ဆာန်များကို နှုတ်ပစ်မည်ဖြစ်သည်။
နွေဦးသည် ငှက်တေးသံဖြင့် လာမည်မဟုတ်
အိမ်မွေးတိရစ္ဆာန် နွားများ ရှိတော့မည်မဟုတ်ပေ။
လူ! မင်းရဲ့သားသမီးတွေကို ရန်လိုမှုတွေ ရပ်တန့်ဖို့ ကတိပေးတယ်။
စစ်ပွဲကို ရပ်တန့်ရန်၊ ချစ်ခြင်းမေတ္တာနှင့် ညီအစ်ကိုအသင်းအပင်းများ လိုအပ်သည်။

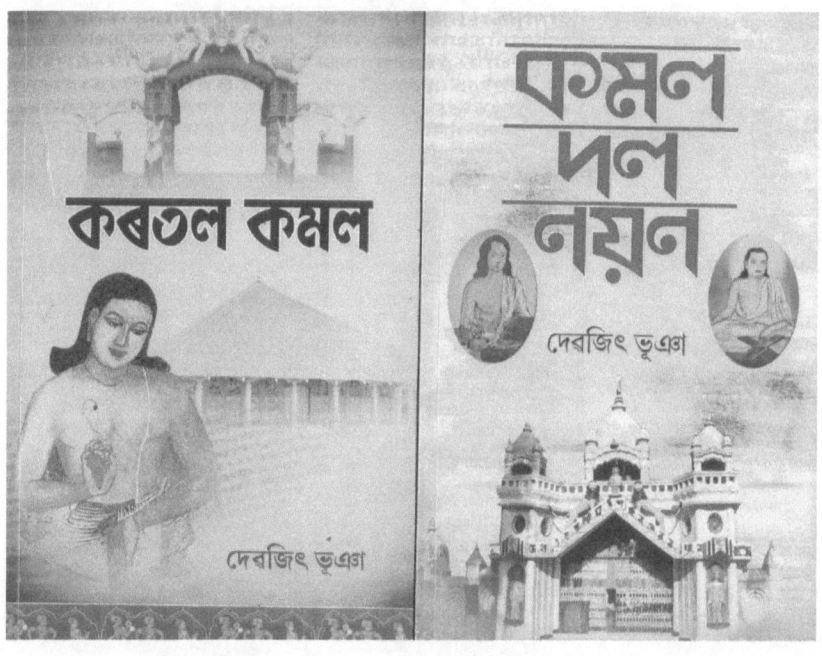

ချိုင့်ဝှမ်း

မြင့်မားသောတောင်ပေါ်၌ အေးခဲနေသော အိမ်များ
လက်တွေက ရေခဲတွေဖြစ်လာပြီး လှုပ်ရှားလို့မရတော့ဘူး။
ပူပူနွေးနွေး ဟင်းရည်သောက်တာတောင် အကူအညီမပေးနိုင်ပါဘူး။
သိုးမွေးအဝတ်အစားတွေက ခန္ဓာကိုယ်ကို နွေးထွေးအောင် မထားနိုင်ပါဘူး။
အရက်သည် မပူသော်လည်း ခန္ဓာကိုယ်ကို သက်တောင့်သက်သာဖြစ်စေသည်။
ခန္ဓာကိုယ် နွေးထွေးစေရန် တံစို့ဖြင့် ၍နေရာသို့ ပြေးပါ။
ရက်ပိုင်းအတွက် ကုန်စုံအိတ်ကို သယ်သွားရမည်။
တစ်လလောက်ကြာရင် ရေခဲတွေ အရည်ပျော်သွားမှာပါ။
ရေသည် ချိုင့်ထဲသို့ စီးဆင်းလိမ့်မည်။
ချိုင့်ဝှမ်းသည် အပင်အသစ်များဖြင့် ပြန်လည်ကောင်းမွန်လာလိမ့်မည်။
ချိုင့်ဝှမ်းရှိ ငှက်များနှင့် တိရစ္ဆာန်များသည် နွေဦးပေါက်ခြင်းကို နှစ်သက်ကြလိမ့်မည်။
စိမ်းလန်းသောအရောင်သည် ချိုင့်ထဲသို့သစ်ပင်များ ယူဆောင်လာလိမ့်မည်။

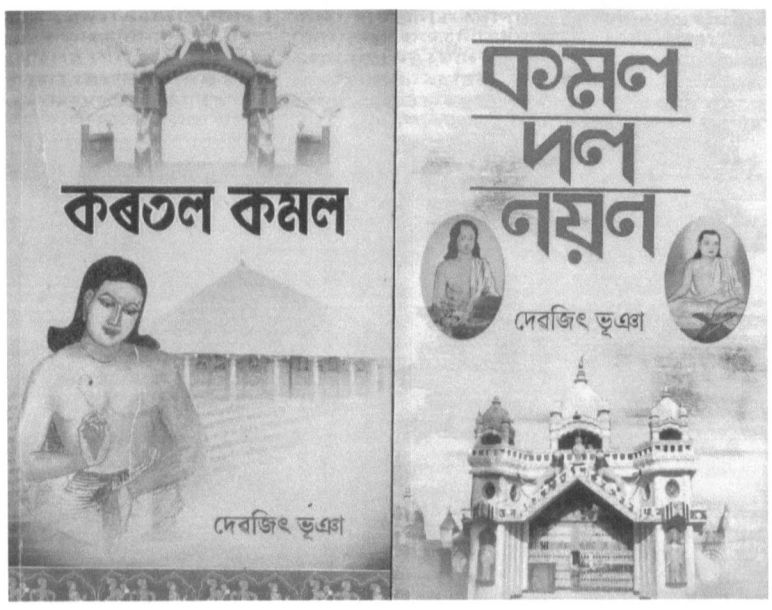

အာသံ ရှင်သန်

နွေဦးသည် ကမ္ဘာ၏ အခြားဒေသများကဲ့သို့ အာသံတွင် အလွန်နှစ်သက်သည်။
မတူညီသော ရပ်ရွာပွဲတော်ရက်များသည် တဖြည်းဖြည်း ကျယ်ပြန့်လာပါသည်။
ရက်ကန်းသမားများသည် ပွဲတော်ရာသီအတွက် ပျော်ရွှင်တက်ကြွကြသည်။
ယက်လုပ်ထားသော လှေကားထစ်များ၏ အသံများသည်
အတိုင်းအတာအသစ်တစ်ခုအဖြစ် ထွက်ပေါ်လာသည်။
ရေကန်ထဲမှာ ကြာပန်းတွေပွင့်ပြီး လေပြင်းတွေနဲ့ ကခုန်နေတယ်။
ကြံများသည် မြက်ပျော့စားရန် တောနက်မှ ထွက်လာကြသည်။
ခရီးသွားများသည် ရယ်မောပျော်ရွှင်မှုများဖြင့် ၎င်းတို့အား ဂျစ်ကားများဖြင့်
လာရောက်လည်ပတ်ကြသည်။
တစ်ခါတစ်ရံ ကြံများသည် ၎င်းတို့၏ယာဉ်ကို အပြေးအလွှားလိုက်ကြသည်။
လူစိမ်းတချို့က သုံးယောက်အောက်မှာ ဘီယာပုလင်းကိုဖွင့်တယ်။
ရာသီဉတုနှင့် ရာသီဉတုသည် ကြည်လင်ပြီး နူးညံ့ပြီး လွတ်လပ်သည်။
အာသံသည် ပန်းများ၊ အကများနှင့် ပျားပျံများဖြင့် ပွင့်လန်းသည်။

အရက်ရှောင်ပါ။

အာသံလို အပူပိုင်းဒေသအတွက် အရက်က မကောင်းပါဘူး။
ပူအိုက်စွတ်စိုသော ရာသီဥတုသည် သောက်ရန် အဆင်မပြေပါ။
လက်ဖက်ဥယျာဉ်တွင် လူထုသည် အရက်ကို နစ်မြုပ်လေ့ရှိသည်။
အရက်ရှောင်ဖို့ အာသံပြည်သူတွေ စဉ်းစားသင့်တယ်။
ငရဲနဲ့ လယ်သမားပုံပြင်ကို သတိရပါ။
အရက်ကြောင့် မိသားစုတွေ ပြိုကွဲတာနဲ့ ဆိုင်တယ်။
အာသံတွင်ရှိသော်လည်း ကြာပန်းပါဒီ အာဏာရလာသည်။
အရက်သေစာ သောက်စားမှုလည်း တိုးလာပြီ။
သိက္ခာမဲ့တဲ့ ဈေးသည်တွေက ဆယ်ကျော်သက်တွေကို အရက်ရှောင်းတယ်။
မိဘတွေအတွက် စိတ်ဆင်းရဲမှုတွေ၊ တင်းမာမှုတွေက အခုတလော ကြုံလာရတယ်။
အာသံလို ဆင်းရဲတဲ့ ပြည်နယ်အတွက် အရက်သောက်တာ မကောင်းပါဘူး။
ဝင်ငွေရရန် အရက်ကို အားပေးခြင်းသည် ရှိုင်းစိုင်းသည်။

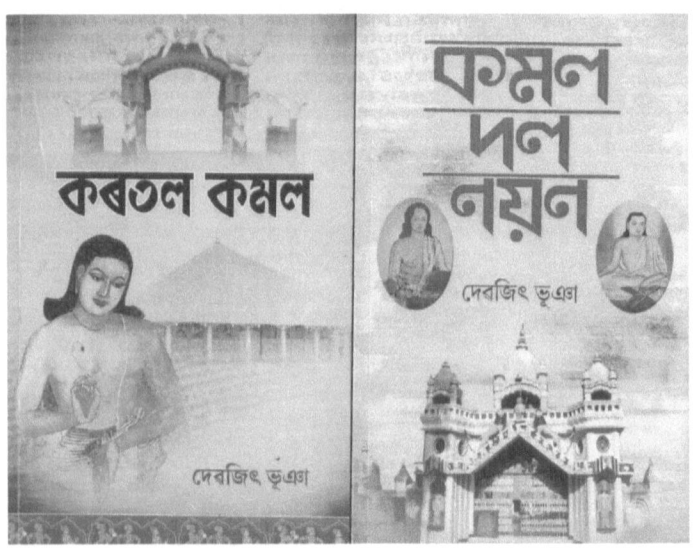

စစ်ပွဲ

စစ်ပွဲသည် ဟာသကိစ္စမဟုတ်၊
မသေနိုင်တဲ့လူတောင် စစ်ပွဲမှာသေတယ်။
စစ်ပွဲကြောင့် အိမ်များ၊ စိုက်ပျိုးရေးနှင့် အသက်မွေးဝမ်းကျောင်းများ ပျက်စီးဆုံးရှုံးသည်။
တဟုန်ထိုးတက်လာခြင်းသည် အစားအသောက်အားလုံး၏ ဈေးနှုန်းများဖြစ်လာသည်။
တိရိစ္ဆာန်တွေနဲ့ သစ်ပင်တွေအတွက်လည်း စစ်ပွဲက မကောင်းပါဘူး။
ကလေးတွေက ကြောက်လန့်တကြားနဲ့ ငိုပြီး အမေဆုံးသွားတာကို တွေ့ရတယ်။
သူတို့၏ဆုတောင်းချက်များကို ဘုရားသခင်ခမည်းတော်က နားမထောင်ပေ။
အတ္တဝါဒီနှင့် မျိုးချစ်ကမ္ဘာခေါင်းဆောင်ဟုလည်း ခေါ်ဆိုခြင်းလည်း မဟုတ်ပါ။
စစ်ပွဲသည် လူယဉ်ကျေးမှု၏ အမှားဖြစ်သည်ကို လူသားမျိုးနွယ်က ဘယ်သောအခါမှ သဘောမတူပါ။
နာကျင်မှုနှင့် ဆင်းရဲဒုက္ခသည် ပဋိပက္ခ၏ နောက်ဆုံးရလဒ်ဖြစ်သည်။
ငါ၏ချစ်လှစွာသောခေါင်းဆောင်များ၊ စစ်စတင်ရန် သင်ဘယ်တော့မှခွင့်မပြုသင့်
မင်းရဲ့ရက်စက်မှု တစ်နေ့နေ့ သမိုင်းက စွဲချက်တင်လိမ့်မယ်။
ကမ္ဘာကြီးကို ငြိမ်းချမ်းအောင်လုပ်ဖို့ ဦးနှောက်နဲ့ ဗီဇကို အသုံးပြုပါ။

တော်တယ်

ကောင်းသောအလုပ်၏ အသီးအနံ့သည် ကောင်း၏။
မကောင်းသောအလုပ်၏ ရလဒ်ကား ဆင်းရဲဒုက္ခ ဖြစ်၏။
ကောင်းသောအလုပ်များကို လုပ်နေစဉ်တွင် ဘုရားသခင်နှင့်အတူ လိုက်ပါသွားပါ။
မတရားတဲ့အလုပ်တွေရဲ့ရလဒ်က မင်းတစ်ယောက်တည်း ဒုက္ခရောက်ရမယ်။
မြေဆွဲအားသည် သစ်ပင်များမှ အသီးအနံ့များကို ဆွဲဆောင်သည်။
အလားတူ ကောင်းသောအလုပ်များသည် ဘုရားသခင်၏ကောင်းချီးများကို ဆွဲဆောင်သည်။
မကြာခင်မှာ မင်းရဲ့အလုပ်က တောက်ပနေတာကို မင်းမြင်လိမ့်မယ်။

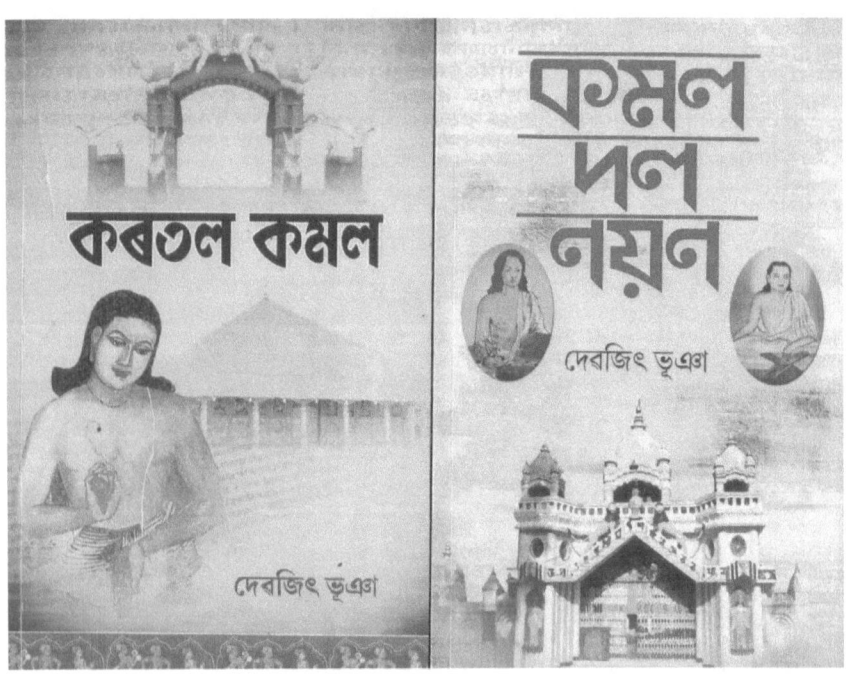

ဘယ်သူမှ မသေနိုင်ပါဘူး။

ဤကမ္ဘာပေါ်တွင် မည်သူမှ မသေနိုင်ပေ။
အခိုက်အတန့်တိုင်း ကျွန်ုပ်တို့သည် သေခြင်းသို့ ဦးတည်သွားကြသည်။
ရိုးသားတဲ့လမ်းမှာ ပြုတ်ကျမှာကို မကြောက်ဘူး။
ဘုရားသခင်ကို ချစ်သောစိတ်ဖြင့် ကျွန်ုပ်တို့သည် ခရီးကို အလွယ်တကူ
ဖုံးကွယ်နိုင်ကြသည်။
ငွေကြေးနဲ့ ချမ်းသာမှုကို မရှူးသွပ်ပါနဲ့။
ငွေသည် ဖောက်ပြန်မှုကို မဝယ်နိုင်ပါ။
သေခြင်းတရားကို မကြောက်ဘဲ ရဲရင့်သောစိတ်ကို ခိုင်ခံ့စေပါ။
အသက်ရှင်စဉ်တွင် စေတနာ၊ ကြင်နာပြီး ရိုးသားပါ။
ထွက်ခွာချိန်တွင် နောင်တရမည်မဟုတ်ပါ။

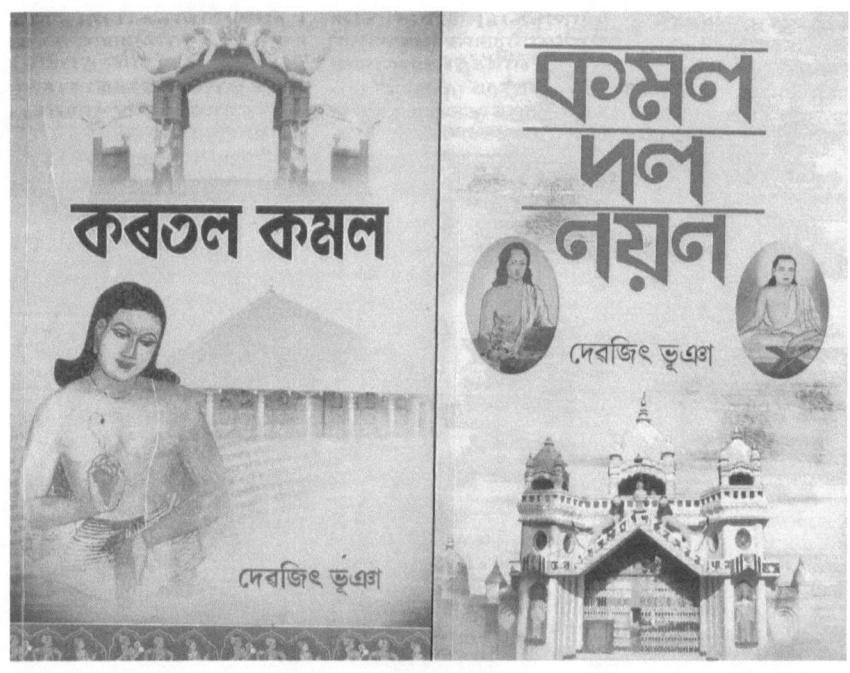

ရောင်စုံပွဲတော် (Holi)

Holi၊ အရောင်ပွဲတော်
Holi ၏ချစ်ခြင်းမေတ္တာကိုခံစားပါ။
အနီရောင်၊ အဝါ၊ အပြာ၊ အစိမ်း ရောင်လှိုင်းများ
အရောင်များဖြင့် လူတစ်ကိုယ်လုံး တောက်ပနေသည်။
မြို့၊ မြို့၊ ရွာ နေရာတိုင်းမှာ တူညီတဲ့ စိတ်ဓာတ်ရှိတယ်။
အရောင်၏ ကြီးမြတ်မှုကို ခံစားခြင်းသည် ဗီဇဖြစ်သည်။
ရောင်စုံပွဲတော်တွင် လူတိုင်းသည် နာကျင်မှုကို မေ့ပျောက်သည့်နေ့ကို နှစ်သက်ကြသည်။
အရောင်ခုနစ်ရောင်သည် Holi ရထား၏ ဆောင်ပုဒ်ဖြစ်သော အသက်ဝိညာဉ်ဖြစ်သည်။

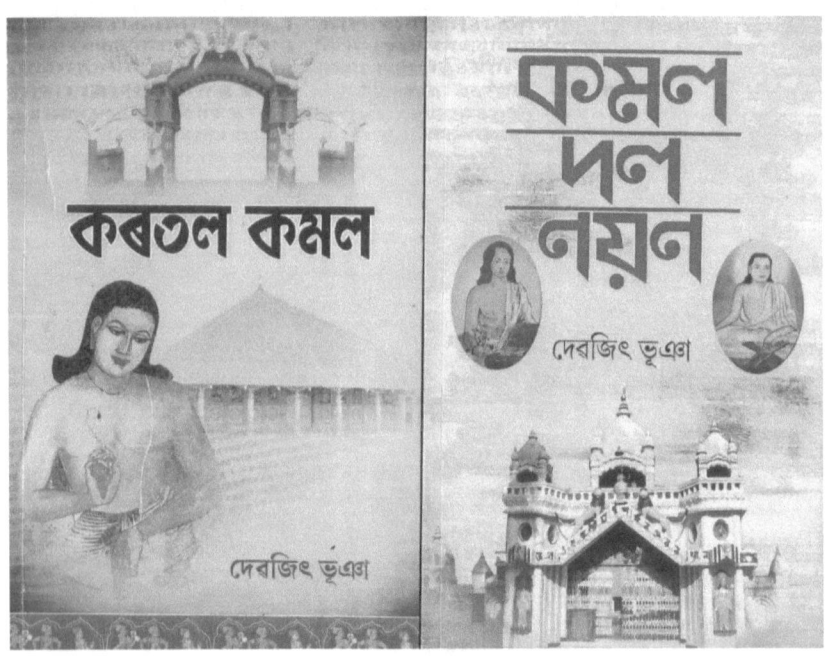

Chital

Chital၊ မင်း တောထဲမှာ ပျော်ရွှင်စွာ ကျက်စားတယ်။
ဒါပေမယ့် လူသားတွေကို သတိထားပါ။
သူတို့က မင်းရဲ့အသားအတွက် လောဘကြီးတယ်။
မြွေ၏အမြန်နှုန်းကို သင်မရှိက်နိုင်ပါ။
Rhino နဲ့ လျှောက်လည်တာ ပိုကောင်းပါတယ်။
ဆင်အနားမှာ အနားယူပါ။
မင်းက အိန္ဒိယရဲ့ လည်ဆွဲလုလုလေး
မင်းရဲ့အသားနဲ့ အသားတွေက မင်းရဲ့ရန်သူ မီဒီယာပဲ။
သစ်တောများ ကျဉ်းမြောင်းလာသည်နှင့်အမျှ ရှင်သန်ရေးခရီးသည် ခက်ခဲလိမ့်မည်။

ပွဲတော်ရာသီ

နာကျင်နေချိန်မှာ မင်းငါ့ကို ဘယ်တော့မှ ဂရုမစိုက်ဘူး။
ငွေကြေးအမြတ်အစွန်းကိုသိ၍ ကျွန်ုပ်ထံသို့ ပြေးလာခဲ့သည်။
ပူပြင်းတဲ့နွေရာသီမှာတောင် ပြေးဖို့ မတွန့်ဆုတ်ပါနဲ့
ငွေသည် စိတ်အားတက်ကြွစေသော ပျော်ရွှင်မှုဖြစ်သည်။
ပွဲတော်အတွင်းမှာလည်း ဆုတောင်းဖို့ အချိန်မရှိတော့ဘူး။
ဒါပေမယ့် မင်းပျော်ပျော်ရွှင်ရွှင်နဲ့ တောင်ပေါ်တက်ခဲ့တယ်။
ဒါပေမယ့် မင်းသူငယ်ချင်းကို မေးဖို့ အချိန်မရှိဘူး။
အခု မင်းစကားချို့သာပြောနေတာ ငါဖယ်လိုယုံလဲ။
မင်းရဲ့စကားလုံးတိုင်းဟာ ငွေရေးကြေးရေးအကြောင်းပြချက်နဲ့
တပ်မက်မှုတွေအတွက်သာဖြစ်တယ်။

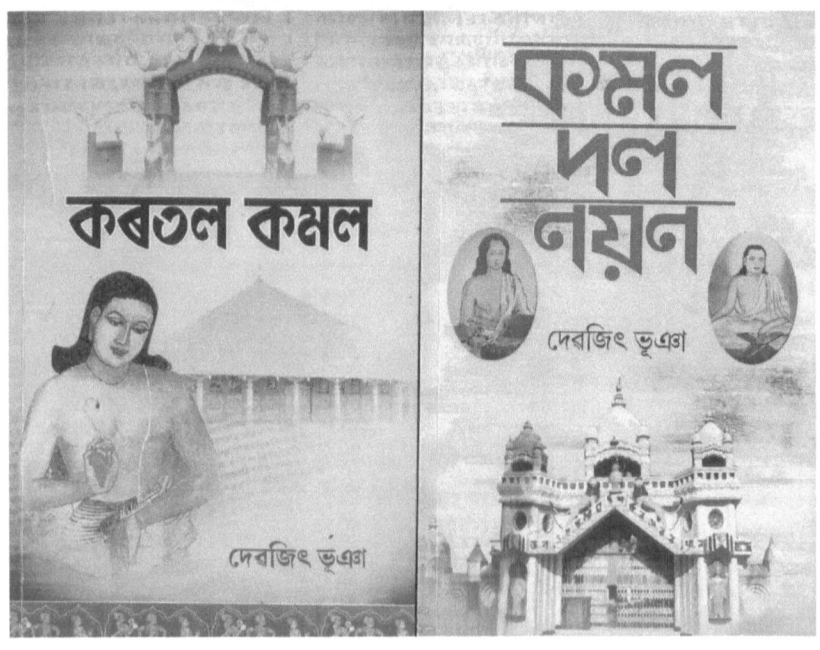

အသက်

အသက်ကြီးလာတဲ့အခါ လူတွေဟာ အငြိမ်မနေပါနဲ့။
အပေါ်ထပ်တက်တာတောင် လှုပ်ရှားမှုမကြိုက်
သို့သော် လူတို့သည် သေခြင်းကို ကြောက်ကြသည်။
မပြီးဆုံးသေးတဲ့ ဆန္ဒတွေ၊ အလုပ်တွေ၊ ဆန္ဒတွေ
သေခြင်းကို ပိုကြောက်အောင် လုပ်ပါ။
သေတာထက်တောင် မင်းရော ငါပါ မနမြောဘူး။
ဒီတော့ သေရမှာကို ကြောက်လို့ ခဏတာ ပျော်ပျော်နေပါ။
ဝိညာဉ်ရေးရာနှင့် အနန္တတန်ခိုးရှင်၌ ငြင်းဆန်ပါ။
သေခြင်းတရားကို တွေးတောရင်း ပေါ့ပေါ့တန်တန် မှတ်ပါ။

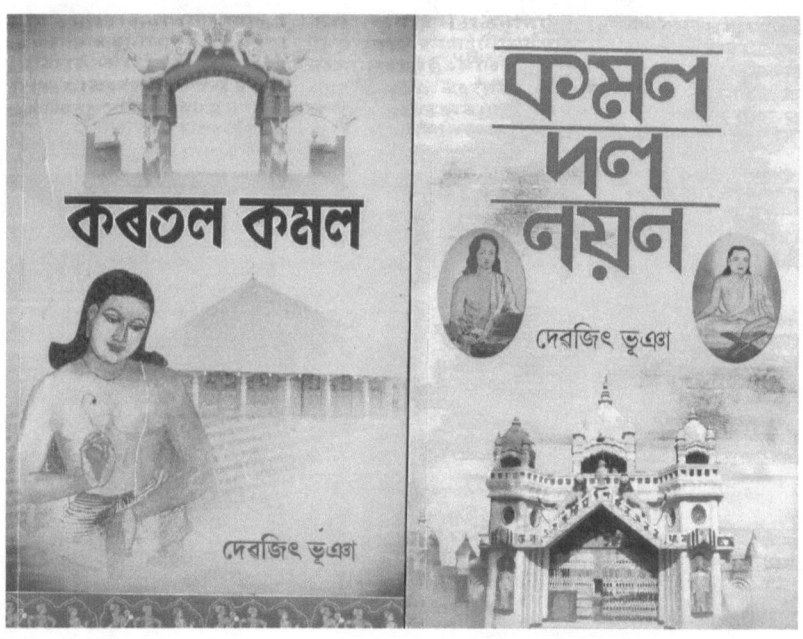

ငါ့လက်ဖဝါးပေါ်မှာ ကြာပန်း

မင်းအမေကိုချစ်ပါ။

မင်းအမေကိုချစ်ပါ။ မင်းအမေကိုဂရုစိုက်ပါ။
သူ့ရောဂါမှာ အချစ်က ဆေးထက် ပိုကောင်းတယ်။
ရောဂါကို ကုသရန် ဆေးဝါးတစ်ခုတည်းနှင့် မလုံလောက်ပါ။
မေတ္တာဖြင့် ဂရုစိုက်ခြင်းသည် ကုစားနိုင်သော မှော်အစွမ်းရှိသည်။
မင်းရဲ့ငယ်ဘဝနေ့ရက်တွေကို သတိရလိုက်ပါ။
မိခင်ရဲ့ လက်ဖဝါးနဲ့ ထိလိုက်တာနဲ့ ပိုကောင်းလာမယ်။
အခု အသက်ကြီးလာလို့ မင်းရဲ့အထိအတွေ့ကြောင့် သူမဟာ ပြီမ်သက်နေလိမ့်မယ်။
မင်းရဲ့ချစ်ခင်တဲ့ အထိအတွေ့ထက် ပိုကောင်းတဲ့ ဘာလစ်စေး မရှိပါဘူး။

ပြီလ

ပြီလသည် အာသံတွင် မိုက်မဲသောလတစ်လမျှသာမဟုတ်ပေ။
ပြီလတွင် Assamese တိုင်း၏စိတ်ထဲတွင် လွင့်မျောနေသည်။
ချမ်းအေးတဲ့ ဆောင်းရာသီပြီးရင် ရာသီပြောင်းသွားပြီ
သစ်ရွက်စိမ်းစိမ်းတွေ ကခုန်နေတဲ့သစ်ပင်တွေ
သရက်ပင်တွေပေါ်မှာ ငှက်ကလေးတွေက အဆက်မပြတ် သီချင်းဆိုနေတယ်။
ရက်ကန်းသမားများသည် မျက်နှာသုတ်ပုဝါအသစ် (gamosa) ယက်လုပ်ရာတွင်
အလုပ်များနေခြင်း၊
Rongali Bihu ပွဲတော်၊ ပျော်ရွှင်မှုပွဲတော်သည် တံခါးခေါက်သည်။
လူငယ်ရော လူကြီးရော အားလုံးက Bihu အကကို လေ့ကျင့်ရင်း အလုပ်ရှုပ်နေကြတယ်။
ဘိဟူသည် ဖြဟ္မပုတ္တရကမ်းစပ်ရှိ အာသံလူမျိုးတို့၏ ဝိညာဉ်ဖြစ်သည်။
Kaziranga ၏ ကြမျှားပင်လျှင် အသစ်စိုက်ပျိုးထားသော မြက်ပင်များကို
မြင်တွေ့ရသည်မှာ ပျော်ရွှင်နေကြသည်။
ပြီလသည် ပြက္ခဒိန်တွင် တစ်လမျှသာ မဟုတ်ပါ။
ပြီလ (ဘိဟတ်) သည် အာသံကိုစိမ်းလန်းစေပြီး အာသံလူမျိုးများ၏နှလုံးသားကို
တောက်ပစေသည်။

ဒသရထာ (ရာမနပုံပြင်)

ဒသရမင်းကြီး၏ မြှားဖြင့် မျက်မမြင်ပညာရှိ၏သား ကွယ်လွန်သည်။ ပညာရှိ၏ ကျိန်စာကြောင့် ကလေးမရှိသော ဒသရသာသည် သားသမီးရခဲ့သည်။ Rama သည် Lakshmana, Bharata နှင့် Straughn တို့နှင့်အတူမွေးဖွားခဲ့သည်။ ထို့အပြင် Rama ၏ဇနီး Sita သည် နီပေါနိုင်ငံအနီးတစ်ဝိုက်တွင် မွေးဖွားခဲ့သည်။ ဖခင်၏ကတိများကို လိုက်နာရန် Rama သည် ဆယ့်လေးနှစ်ကြာ ပြည်နှင်ဒဏ်ပေးခဲ့သည်။ Lakshmana နှင့် Sita တို့သည် သူ၏ ပြည်နှင်ဒဏ်ခံရစဉ်တွင် Rama နှင့်အတူ လိုက်ပါသွားခဲ့သည်။
ရာမာကို တောထဲပို့လို့ စိတ်ကတုန်လှုပ်သွားသည် ဒသရသသည် ထီးနန်းကို ချန်ထားခဲ့၍ ဘာရတကို အုပ်စိုးရန်
Sita ကို နတ်ဆိုးဘုရင် Ravana က တောထဲမှာ ပြန်ပေးဆွဲခဲ့ပါတယ်။
Rama သည် Hanumana နှင့် မျောက်ဖော်များ၏အကူအညီဖြင့် လင်္ကာသို့ရောက်ရှိခဲ့သည်။
Sita က ကယ်တင်ပြီး Ravana အသတ်ခံရပြီး အားလုံးက Ayudha ဆီကို ပြန်လာကြပါတယ်။
ရာမာသည် တရားမျှတမှု၊ တရားမျှတမှုနှင့် တရားဥပဒေစိုးမိုးမှုတို့ဖြင့် စံပြနိုင်ငံတော်ကို တည်ထောင်ခဲ့သည်။

ဘာရတ

Lakshmana သည် Rama နှင့်အတူ တောထဲသွားခဲ့သည်။
Bharata သည် နိုင်ငံတော်တွင် ကျန်ရစ်ခဲ့သည်။
သူသည် Singhasan (ကုလားထိုင်) ပေါ်တွင် Rama ၏ဖားကိုစောင့်ထိန်းနိုင်ငံကိုအုပ်ချုပ်ခဲ့သည်။
မှော်ဆရာက လက်ရှုမနားကို လှည့်စားတယ်။
Sita သည် ၎င်းတို့၏ တောတွင်းတဲမှ ပြန်ပေးဆွဲခံခဲ့ရသည်။
Rama နှင့် Ravana အကြားစစ်ပွဲကြီးဖြစ်ပွားခဲ့သည်။
Lakshaman သည် နတ်ဆိုးဘုရင်ကို အနိုင်ယူရာတွင် အမိကအခန်းကဏ္ဍမှ ပါဝင်ခဲ့သည်။
Sita ကို ကယ်တင်ခဲ့ပြီး အားလုံး ပျော်ရွှင်စွာ အိမ်ပြန်ခဲ့ကြပါတယ်။
Bharata ၏ဝေဒနာသည် ရာမပြည်သို့ ပြန်ရောက်သည်နှင့် ပြီးဆုံးသွားလေသည်။

Lakshmana

ပညာရှိတို့က "မင်းသီလမကြောက်နဲ့ ရာဝနကို မကြောက်နဲ့"
လေ၏သား ဟာနုမန်သည် အရိပ်ကဲ့သို့ မင်းနှင့်အတူရှိနေသည်။
Ravana သည် Lord Shiva ကိုကိုးကွယ်သူဖြစ်သည်။
သူ၏ အတ္တနှင့် မောက်မာမှုသည် သူ၏ရှုံးနိမ့်မှုကို ဦးတည်စေလိမ့်မည်။
စစ်ပွဲမှာ ရန်သူကို အကောင်းဆုံးလက်နက်တွေနဲ့ တိုက်ခိုက်ဖို့ အချိန်က
အရေးကြီးတယ်။
ပထမဉပမာတွင် သင်၏အကောင်းဆုံးလက်နက်များကို အသုံးပြုပါ။
သစ္စာတရားနှင့် ရိုးသားမှုလမ်းကြောင်းသည် မကောင်းမှုကို အမြဲအနိုင်ယူသည်။

လဘ (ရာမ၏သား)

လာဘသည် ဒဿရသမင်းကြီး၏ မြေးတော်ဖြစ်သည်။
နုပျို၊ တက်ကြွပြီး လှပသည်။
Ashram of the Ashram of the Rishis နှင့် ပညာရှိများ
လာ၏ကျော်ကြားမှုသည် တိုက်ကြီးတစ်ခွင်သို့ ပျံ့နှံ့သွားသည်။
ရာမာက သူ့ကို သူ့ပရိသတ်ဆီ ခေါ်သွားတယ်။
သူ့အစ်ကို Kusha လည်း လိုက်ပါသွားခဲ့သည်။
သူတို့ဆီက ရာမယာနပုံပြင်ကို နားထောင်ရင်း ရာမ အံ့ဩသွားတယ်။
အမြွှာညီအကိုများ သည် သူ့သား ရာမဟု အသိအမှတ်ပြုကြသည်။

ဘုရားသခင်ကို ရှာဖွေခြင်း။။

ကြီးမားသော ဘုရားကျောင်းများတွင် ယနေ့တိုင် တိရစ္ဆာန်များကို ယဇ်ပူဇော်ကြသည်။ ကွဲ။ ဆိတ်သွေးသည် မြစ်ကဲ့သို့ စီးဆင်း၏။
ဘုရားသခင် နှစ်သက်စေရန်အတွက် လူများသည် ဘုရားသခင်၏ ကိုယ်ပိုင်သားသမီးများကို သတ်ပစ်ကြသည်။
အပြစ်မဲ့သူ၏အသွေးကို ဘုရားသခင်သည် မည်သည့်အခါမျှ နှစ်သက်လိမ့်မည်မဟုတ်ပေ။
ဘုရားသခင်သည် သက်ရှိသတ္တဝါအားလုံး၏ ချစ်ခြင်းမေတ္တာနှင့် ဂရုစိုက်မှုကို တွေ့မြင်ရှု၍ နှစ်သက်တော်မူလိမ့်မည်။
သင်၏လူသား၊ စိတ်ဖြူစင်သော ဘုရားသခင်ထံ ဆုတောင်းပါ။
အပြစ်မဲ့တိရစ္ဆာန်တွေကို ယဇ်ပူဇော်ရင် ဘုရားသခင်က မင်းရဲ့ဆုတောင်းချက်ကို လက်ခံမှာမဟုတ်ဘူး။
အသွေးနှင့် သင်ဆုတောင်းသောအရာကို သူသည် မည်သည့်အခါမျှ အဖြေပေးမည်မဟုတ်ပေ။
ဘုရားသခင်သည် အမြဲတမ်း သနားညှာတာပြီး မည်သူ့ကိုမျှ မသတ်ပါ။
အပြစ်မရှိသော ကိုယ်ကျိုးအတွက် ယဇ်ပူဇော်လျှင် အပြစ်ကို စုဆောင်းလိမ့်မည်။

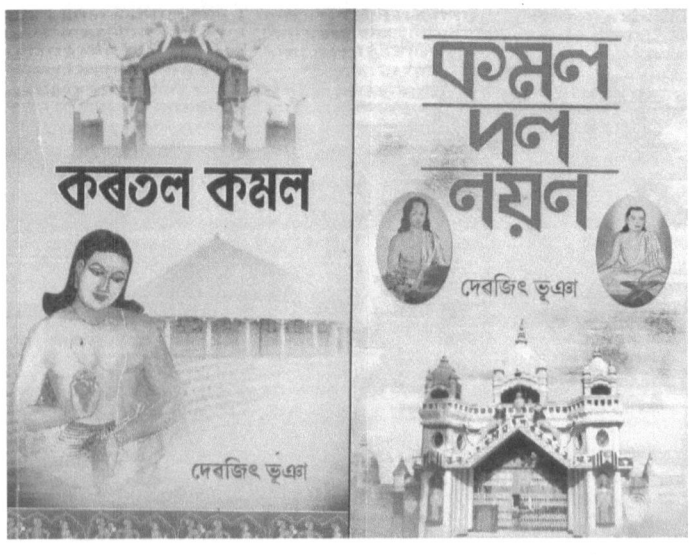

ရှိုးသားသောလမ်းကြောင်း

ဒါက ငါတို့ အာသံ၊ ချစ်သော အာသံ
အရမ်းချစ်ပြီး နှလုံးသားနဲ့ နီးတယ်။
အာသံသည် ကောင်းမွန်သောယဉ်ကျေးမှုနှင့် ရက်ရောသောပြည်ဖြစ်သည်။
အကျင့်ပျက် လူကုန်ကူးတဲ့ အမျိုးသမီး မရှိဘူး။
လူမျိုးစုများစွာတွင်ပင် အမျိုးသမီးသည် မိသားစုကို အုပ်ချုပ်သည်။
ငွေကို လောဘဇောနဲ့ ဘယ်သူမှ ပြည့်တန်ဆာမလုပ်ဘူး။
ခန်းဝင်ပစ္စည်းနှင့် သတို့သမီး မီးလောင်ရာ အာသံဘဝ၏ မပါဝင်ပါ။
အမျိုးသမီးတိုင်းနှင့် ချစ်ဇနီးကို တန်းတူအခွင့်အရေးပေးသည်။
မရှိုးသားမှု လမ်းကြောင်းမှာ ငွေအမြောက်အများ ရှိနိုင်တယ်။
သို့သော် အာသံမြို့သား ရှိုးရှင်းသောလူသည် ရှိုးရှင်းသောဘဝကို နှစ်သက်သည်။
အလွန်ရှားပါးသော အမျိုးသမီးများသည် ရိုက်နှက်ခြင်းနှင့် ကွာရှင်းပြတ်စဲခြင်းထက်
ပိုမိုကောင်းမွန်သောတစ်ဝက်ဖြစ်သည်။

စိတ်ကို ဂရုစိုက်ပါ။

ကျွန်ုပ်တို့သည် ကျွန်ုပ်တို့၏ခန္ဓာကိုယ်ကို အမြဲဂရုစိုက်သည်။
ဒါပေမယ့် စိတ်ကို ဂရုစိုက်ခဲ့တယ်။
စိတ်ကိုလည်း ဂရုစိုက်ဖို့ကလည်း အရေးကြီးတယ်။
ဂရုမစိုက်ဘဲ ဘာကြောင့် လစ်လျူရှုထားတာလဲ။
ကျန်းမာတဲ့ဘဝအတွက် မျှတမှုမရှိပါဘူး။
ကျန်းမာသောစိတ်သည် ကျန်းမာသော ခန္ဓာကိုယ်ကို ပိုမိုကောင်းမွန်စေသည်။
လူတစ်ဦးသည် ဘဝ၏ရှုပ်ထွေးသောပြိုင်ပွဲတွင် အလွယ်တကူအနိုင်ရနိုင်သည်။
ဖျားနေတဲ့စိတ်က ဘယ်အရာမှ ကောင်းကျိုးမရနိုင်ဘူး။
စိတ်ကို ဂရုစိုက်ဖို့ လမ်းက ရှာရလွယ်တယ်။
အမြဲတမ်းပြုံးပြီး လူတိုင်းကို ကြင်နာပါ။
ရိုးသားမှုနှင့် သမာဓိလမ်းစဉ်ကို လိုက်နာပါ။
အမှန်တရားနှင့် ညီအစ်ကိုအသင်းအပင်းသည် သင့်အား
ငြိမ်သက်ခြင်းကိုပေးလိမ့်မည်။

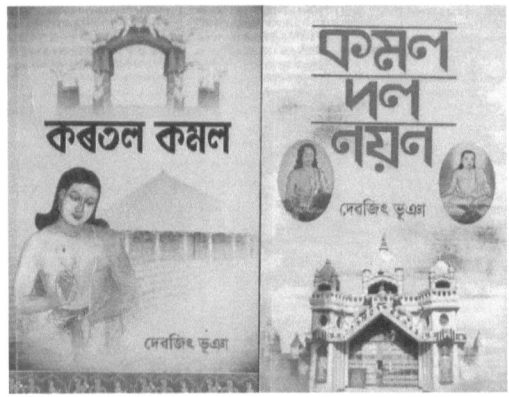

အချိန်မဖြုန်းပါနဲ့။

အချိန်သည် အငြိမ်မနေပါ။
အချိန်လည်း မလှူပ်ရှားဘူး။
အတိတ်၊ ပစ္စုပ္ပန်နဲ့ အနာဂတ်
အားလုံးဟာ အချိန်ရဲ့နယ်ပယ်မှာ အတူတူပါပဲ။
အချိန်တွေ အဆက်မပြတ် စီးဆင်းနေသလို ခံစားရတယ်။
ပင်လယ်သို့ ရွှေလျှားနေသော ရေစီးကွဲ့သို့ပင်
ကျွန်ုပ်တို့၏ခံယူချက်၊ အချိန်သည် မြှားတစ်စင်းကဲ့သို့ ရွှေလျှားနေသည်။
ဒါပေမယ့် လေးကို ထားသွားတော့ ဘယ်တော့မှ ပြန်မလာတော့ဘူး။
ဒါပေမယ့် ပိုကောင်းတဲ့မနက်ဖြန်ဖြစ်မယ်လို့ ကျွန်တော်တို့ မျှော်လင့်ပါတယ်။
တိမ်ထူသောနေ့တွင် အချိန်သည် ဘယ်တော့မှ မရပ်ပါ။
နေသာသော နံနက်ခင်းတွင် နှေးကွေးသည်
တစ်နှစ်ပြီးတစ်နှစ် ပုံမှန်အတိုင်းပါပဲ။
ခွဲခြားဆက်ဆံခြင်း သို့မဟုတ် မျက်နှာလိုက်ခြင်း မရှိပါ။
ဆင်းရဲ၊ ချမ်းသာ၊ အားနည်း၊ သန်မာသူများအတွက် အချိန်သည် အတူတူပင်ဖြစ်သည်။
ဒါကြောင့် မင်းရဲ့ရှုံးနိမ့်မှုအတွက် အချိန်က အပြစ်မတင်ပါဘူး။
ဘဝမှာ အဖိုးတန်ဆုံး၊ အလကားရတဲ့ ချမ်းသာမှုက အချိန်ပါပဲ။
အလကားမဖြုန်းတီးဘဲ အသုံးချလိုက်ပါ၊ ဘဝက အဆင်ပြေသွားမှာပါ။

စိတ်ဝေဒနာ

စိတ်ပိုင်းဆိုင်ရာ နာကျင်နေချိန်မှာ သင့်သူငယ်ချင်းတွေကို ဂရုစိုက်ပါ။
ချစ်ခြင်းမေတ္တာနှင့် ဖြေသိမ့်ခြင်း စိတ်၏ ခွန်အားတို့ကို ရရှိကြလိမ့်မည်။
အထီးကျန်ခြင်းက စိတ်ကို အားနည်းစေပြီး နုနယ်စေပါတယ်။
အချို့သော ဆုံးဖြတ်ချက်များသည် မှားယွင်းပြီး ဒေါသဖြစ်နိုင်သည်။
ပေါင်းဖော်ခြင်းဖြင့် စိတ်သည် ပျော်ရွှင် ရှင်လန်းလာသည်။
လူတို့သည် ယာယီဒုက္ခအများစုကို ကျော်လွှားနိုင်သည်။
စိတ်ဝေဒနာက လူတွေကို သတ်သေဖို့ တွန်းပို့နိုင်တယ်။
မကောင်းမှုတွေလုပ်ဖို့ အားနည်းတဲ့စိတ်က အမြဲတမ်း လှုံ့ဆော်ပေးတယ်။
စိတ်ပိုင်းဆိုင်ရာ အားနည်းတဲ့အခါ သူငယ်ချင်းတွေနဲ့ လိုက်ပို့ပေးပါ။
အားပေးစကားတွေနဲ့ ပုံမှန်ပြန်ဖြစ်ပါစေ သူငယ်ချင်း။

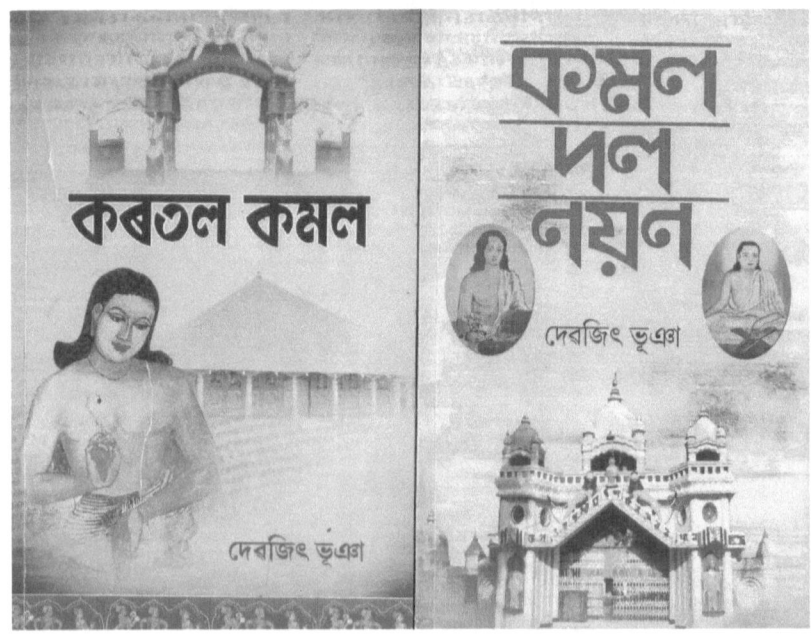

ခန္ဓာကိုယ်ကို ဂရုစိုက်ပါ။

လမ်းလျှောက်၊ လမ်းလျှောက်
ကြွခိုင်နေဖို့၊ အမြန်ပြေးဖို့ မလိုပါဘူး။
လမ်းလျှောက်ခြင်းသည် အကောင်းဆုံး ခန္ဓာကိုယ် ကြွခိုင်မှု ကိရိယာ ဖြစ်သည်။
မနက်ခင်း လမ်းလျှောက်ရင် ထုံထိုင်းသွားတာ
ခန္ဓာကိုယ် တောင့်တင်းလာမယ်။
သွေးလည်ပတ်မှုကောင်းလာမယ်။
စိတ်သည် တစ်နေ့တာလုံး ရှင်လန်းနေလိမ့်မည်။
လမ်းလျှောက်ခြင်းသည် အချိန်နှင့်နေရာ အတားအဆီးမရှိပါ။
လမ်းလျှောက်ပြိုင်ပွဲတွင်လည်း အလွယ်တကူ ပါဝင်နိုင်သည်။
လမ်းလျှောက်ရင်း မိတ်ဟောင်းဆွေသစ်များ အဆက်အသွယ်ရှိလာမည်။
အချို့သော ခင်မင်မှုသည် ကောင်းမွန်ပြီး ဘယ်တော့မှ နောက်ပြန်မလှည့်ပါ။
လမ်းလျှောက်ခြင်းသည် ခန္ဓာကိုယ်၊ စိတ်နှင့် ဝိညာဉ်အတွက် ကောင်းမွန်သည်။
ကျန်းမာသော ကိုယ်ခန္ဓာနှင့် ဉာဏ်ဖြင့် ဘဝပန်းတိုင်ကို ရောက်နိုင်သည်။

ကလေးလမ်းလျှောက်

သူမ လဲကျသွားပြီး မတ်တပ်ရပ်လိုက်သည်။
ဒါပေမယ့် လမ်းလျှောက်တဲ့အထိ ဘယ်တော့မှ လက်မလျှော့ခဲ့ဘူး။
တစ်နေ့တွင် သူမသည် အပျော်သဘောဖြင့် ပြေးလာသည်။
ဘဝခရီးရှည်ကြီးစတင်သည်။
တစ်ခါနှစ်ခါ ပြုတ်ကျပြီး မထရင်
ဘဝမှာ ဘယ်တော့မှ ပြိုင်ပွဲမှာ ပါဝင်ယှဉ်ပြိုင်နိုင်မှာ မဟုတ်ပါဘူး။
ပြုတ်ကျခြင်းမရှိဘဲ မတ်တပ်ရပ်ပြီး လှုပ်ရှားရန် မည်သူမျှ မသင်ယူနိုင်ပါ။
ယယ်စဉ်ကလေးဘဝရဲ့ သင်ယူမှုလေးတွေက ကျွန်တော်တို့ရဲ့ဘဝကို
ကောင်းမွန်စေပါတယ်။

Madan ရဲ့ ဟာသ

Madan မင်းရဲ့ဟာသတွေကို ပြောပြပါ။
Akon ရယ်နေလိမ့်မယ်။
အဓိပ္ပါယ်မဲ့ဟာသတွေ မပြောပါနဲ့။
မင်းရဲ့ပြက်လုံးတွေထဲမှာ အပြိုးက ကြွေကျသင့်တယ်။
မိုးရေစက်လေးတွေကို ညင်သာစွာ ပုတ်ပေးသင့်ပါတယ်။
ဒါပေမယ့် ရန်ဖြစ်စပြုဖို့ ကောလဟာလတွေ ဘယ်တော့မှ မပြောပါနဲ့။
ဟာသများသည် မိသားစုဆက်ဆံရေးကို မဖျက်ဆီးသင့်ပါ။
ဟာသများသည် ရယ်မောခြင်းအတွက်ဖြစ်သည်။
အော်ဟစ်ပြီး အခြေအနေ ကြမ်းတမ်းအောင် မလုပ်ပါနဲ့။

ငါ့လက်ဖဝါးပေါ်မှာ ကြာပန်း

Coco အံ့သြဖွယ်အကောင်

Coco၊ မင်းက ငါတို့ရဲ့အချစ်ဆုံး အိမ်မွေးတိရစ္ဆာန်ပါ။
မီးဖိုချောင်ဆိုတာ မင်းရဲ့အချစ်ဆုံးနေရာ
အစားအသောက်နောက်ကျရင် ဟောင်တတ်ပါတယ်။
ဗိုက်ပြည့်တဲ့အခါ ပြေးရတာ နှစ်သက်တယ်။
မင်း လူဆိုးတွေကို သိပ်မကြိုက်ဘူး။
သင်တို့အတွက်မူ အိမ်သည် ဘုရားသခင်၏ ဗိမာန်တော်ဖြစ်သည်။
ကိုယ်ချစ်ရတဲ့ လူတွေနဲ့ လိမ်လည်လှည့်ဖြားတာမျိုး ဘယ်တော့မှ မလုပ်ပါနဲ့။
မင်းရဲ့ရှိနေခြင်းက လူတိုင်းကို ပျော်ရွှင်စေတယ်။
မိသားစုမှ ဒေါသအမှိုင်းသော မျက်နှာသည် ပျောက်ကွယ်သွားတော့သည်။
ခွေးသည် လူသား၏ အကောင်းဆုံးသူငယ်ချင်းဖြစ်သည်ကို မည်သူမျှ မငြင်းနိုင်ပေ။
မင်းမရှိတော့တဲ့ လေဟာနယ်ကို ဘယ်အရာကမှ ဖြည့်စွမ်းမပေးနိုင်ပါဘူး။

လေတိုက်သည်။

ဖေဖော်ဝါရီ လအတွင်း အာသံတွင် လေတိုက်နှုန်း မြန်သည်။
အိမ်နှင့်လမ်းတိုင်းသည် ဖုန်မှုန့်များနှင့် သစ်ရွက်ခြောက်များဖြင့် ပြည့်နေသည်။
ဆောင်းကုန်တော့ ရာသီဥတုက ခြောက်လာတယ်။
လီလီဒုက်များသည် လေနှင့်အတူ ကြွေကျလာသော သစ်ရွက်များကို
ပျံသန်းလေ့ရှိသည်။
လေအရှိန်တိုးလာတဲ့အခါ သစ်ပင်ကြီးတွေတောံ ပြိုကျသွားတယ်။
အရွက်ခြောက်များဖြင့် အာသံလွင်ပြင်သည် အညို့ရောင်ဖြစ်နေသည်။

သဘာဝဆေးဖက်ဝင်အပင်များ

ဟင်းသီးဟင်းရွက်များသည် လူ့ခန္ဓာကိုယ်၏ ကိုယ်ခံစွမ်းအားကို မြှင့်တင်ပေးနိုင်သည်။ ၎င်းတို့သည် ရောဂါများကို တိုက်ဖျက်ရန်နှင့် ကျန်းမာသောဘဝအတွက် ကောင်းမွန်သည်။

ဒါပေမယ့် ရောဂါအားလုံးကို ကုသနိုင်တယ်လို့ ဘယ်တော့မှ မယုံကြည်ဘူး။ ဆေးဖက်ဝင်အပင်များသည် ဗိုင်းရပ်စ်နှင့် ဘက်တီးရီးယားအတွက် ဖြေဆေးမဟုတ်ပါ။

ပဋိဇီဝဆေးများသာလျှင် အဆုတ်ရောင်ခြင်းကို ကုသပေးနိုင်သည်။ ဒါပေမယ့် အသီးအနှံတွေစားတာက ဗိုင်းရပ်စ်တွေကို တိုက်ဖျက်ရာမှာ ကူညီပေးနိုင်ပါတယ်။

ကျန်းမာရေးအတွက် ဖြည့်စွက်စာအဖြစ်သာ စားသုံးပါ။
ကျန်းမာခြင်းသည် ချမ်းသာခြင်း၊

ကြောက်စိတ်

ဟေ့လူ၊ ဘာမှ မကြောက်နဲ့။
အကြောက်တရားဟာ အန္တရာယ်ကြီးတဲ့ အရာတစ်ခုပါ။
အကြောက်တရားကို ခန္ဓာကိုယ်က ဖော်ပြတယ်။
ပြီးတော့ ပြိုင်ပွဲမစခင်မှာ မင်းရှုံးတယ်။
ကြောက်လန့်တကြားနဲ့ သရဲတစ္ဆေတွေနဲ့ မမြင်ရတဲ့ သတ္တဝါတွေကို တွေ့တယ်။
ပြီးတော့ စစ်မြေပြင်ကနေ ပြေးတယ်။
ဒါဟာ သူရဲဘောကြောင်တယ်၊ သိက္ခာမဲ့တယ်၊ မမှန်ဘူး။
အကြောက်တရားဖြင့် လူသည် အောင်မြင်နိုင်မည် မဟုတ်ပေ။
အကြောက်တရားတွေကို ကျော်လွှားပြီးရင် အခွင့်အလမ်းတွေ ပေါများလာပါတယ်။
မင်းသတ္တိရှိရင် ကမ္ဘာတစ်ခုလုံး မင်းနဲ့အတူရှိနေလိမ့်မယ်။
အောင်နိုင်သူသည် သင်္ချိုင်းသို့သွားသည့်တိုင် အမှတ်ရနေပါသည်။

သစ်ပင်တွေကိုကြောက်တယ်။

တောအုပ်ထဲက သစ်ပင်တွေက မြင့်တဲ့အသံကို ကြောက်တယ်။
မော်တော်ဆိုင်ကယ် လွှများသည် သစ်တောပြုန်းတီးပြီးနောက် သစ်တောများ အလွန်မြန်သည်။
တစ်ခါက လူတစ်ယောက်ဟာ သစ်ပင်ခုတ်ဖို့ လုပ်အားအများကြီးလိုတယ်။
သို့သော် ယခုအခါ စက်ယန္တရားလွှများဖြင့် ခန္ဓာကိုယ်သည် ဒုက္ခကင်းသည်။
ရလဒ်မှာ ဘေးဥပဒ်နှင့် မိုးသစ်တောများ ပျက်စီးခြင်း ဖြစ်သည်။
ကမ္ဘာကြီးပူနွေးလာမှုက ရာသီဥတုကို ပြောင်းလဲစေခဲ့တယ်။
ရေခဲမြစ်များ အရည်ပျော်နေပြီး ရေလွှမ်းမိုးမှုများကြောင့် ဒုက္ခရောက်နေပါသည်။
တစ်ချိန်က လက်ကိုမြင့်ရသည်မှာ လူသားနှင့် ယဉ်ကျေးမှုတို့ဖြစ်သည်။
ဇီဝမျိုးစုံမျိုးကွဲများနှင့် ဂေဟဗေဒ၊ မော်တော်ဆိုင်ကယ်မြင်းများသည် ပျက်ဆီးနေသည်။

ပြောင်းလဲလာသော ပါတီ (အိန္ဒိယ) နိုင်ငံရေး၊

ရွေးကောက်ပွဲကာလသည် နိုင်ငံရေးအရ ဆက်နွယ်မှုကို ပြောင်းလဲရန် အကောင်းဆုံးအချိန်ဖြစ်သည်။

သို့သော် ပါတီပြောင်းခြင်းသည် ပြည်သူများ၏ ပြဿနာဖြေရှင်းချက်အတွက် မဟုတ်ပေ။

အာဏာ လောဘကြောင့် ခေါင်းဆောင် နှင့် နောက်လိုက်များသည် ပါတီများကို ပြောင်းလဲသည်။

ငွေ၊ အရက်၊ စည်းစိမ်နှင့် မိန်းမတို့သည် ကြီးမားသော တွန်းအားဖြစ်သည်။

အဘယ်ကြောင့် ခေါင်းဆောင်များက မဲဆန္ဒရှင်များကို လှည့်စားသည်ကို မည်သူမျှ စောင့်ကြည့်ရန် မကြိုက်ပါ။

နိုင်ငံရေးသမားများအတွက်၊ ပြည်သူကို အလုပ်အကျွေးပြုခြင်းသည် အမြဲတမ်း ဒုတိယဖြစ်သည်။

သူတို့ရဲ့ ပိုက်ဆံပုံးတွေကို တတ်နိုင်သမျှ ဖြည့်ဖို့က အဓိကပါ။

အာဏာ၊ လုပ်ပိုင်ခွင့်နဲ့ ငွေကြေးက ခေါင်းဆောင်တွေအတွက် ပိုအရေးကြီးတယ်။

အဘယ်ကြောင့်ဆိုသော် မဲဆန္ဒရှင်အများစုသည် မသိနားမလည်သောကြောင့် အလွယ်တကူလုပ်ဆောင်နိုင်သောကြောင့်ဖြစ်သည်။

ရွေးကောက်ပွဲအချိန်သည် မိုးလေဝသခန့်မှန်းချက်နှင့် ပြောင်းလဲမှုအတွက် အကောင်းဆုံးအချိန်ဖြစ်သည်။

အရောင်သစ်

အရောင်မျိုးစုံရှိသော ပန်းများပွင့်သည်။
နွေဦးရာသီရောက်ပြီ အာသံ
Bihu ၏ရာသီ။ အကပွဲတော်
ဒရမ်သံ (dhool-pepa) ညသန်းခေါင် တိတ်ဆိတ်မှုကို ချိုးဖျက်ပစ်လိုက်သည်။
ဥပုသ်သစ်ပင်အောက်မှာ ချစ်ဒုက်လေးတွေ ရှင်မြူးစွာ ဆိုကြတယ်။
မုန်းတီးခြင်း၊ ရန်ဖြစ်ခြင်း၊ အသားအရောင်၊ ဇာတ်၊ ကိုးကွယ်ယုံကြည်မှု၊
လူတိုင်းသည် လူမှုရေးအရ ကွဲပြားခြင်းမရှိဘဲ ပျော်ပွဲရွှင်ပွဲ ခံစားချက်ကို
ခံစားနေကြရသည်။
အဝတ်အစားအသစ်တွေဝတ်ပြီး ကလေးတွေနဲ့ ဆယ်ကျော်သက်တွေက
ခုန်ပေါက်ဆော့ကစားကြတယ်။
အဖွားအိုများသည် အကတွင် တက်ကြွစွာ ပါဝင်ကြသည်။
Kaziranga မှာတောင် ကြံ့နွားကလေးက ဟိုမှာပြေးလွှားပြီး ဒရမ်တီးသံကြားတယ်။

နောင်ဘဝ၌ တွေ့ဆုံခြင်း။။

သေပြီးနောက် ဘဝဆိုတာ တခြားကမ္ဘာမှာ ရှိနေသလားဆိုတာ ဘယ်သူမှ မသိနိုင်ပါဘူး။။

မသေနိုင်သောဝိညာဉ်တည်ရှိမှုသည် ဒဏ္ဍာရီတစ်ခုဖြစ်ပြီး လက်တွေ့မဟုတ်ပေ။။

ဒါဆို ငါမင်းကိုချစ်တယ်ပြောပါ နင့်ကိုချစ်တယ်ပြောရင် နောက်ဘဝက စောင့်နေတာလဲ။။

ချစ်ခြင်းမေတ္တာ၏ အလှကို ဤဘဝတွင် ကိုယ်တိုင်ခံစားပါ။။

နောက်စိတ်ကူးယဉ်ဘဝအတွက် ဆိုင်းင့ံထားစရာ ဘာမှ မထားပါနဲ့။။

တစ်ဖက်မှာ ဘဝရှိနေရင် မင်းရဲ့ပျော်ရွှင်မှုနဲ့ အချစ်က နှစ်ဆတိုးလာလိမ့်မယ်။။

စင်ပြိုင်ကမ္ဘာနှင့်ဆိုလျှင် ဘဝ၏အဓိပ္ပါယ်ဖွင့်ဆိုချက် ကျယ်ပြန့်လာမည်မှာ သေချာပါသည်။။

သို့တိုင် ယနေ့ဘဝ၏ ချစ်ခြင်းမေတ္တာနှင့် အလှတရား သက်တံကို ခံစားလိုက်ပါ။။

မနက်ဖြန်၊ နောက်နှစ်၊ နောက်ဘဝ ရောက်နိုင်လား မဖြစ်နိုင်ဘူးဆိုတာ ဘယ်သူသိလဲ။။

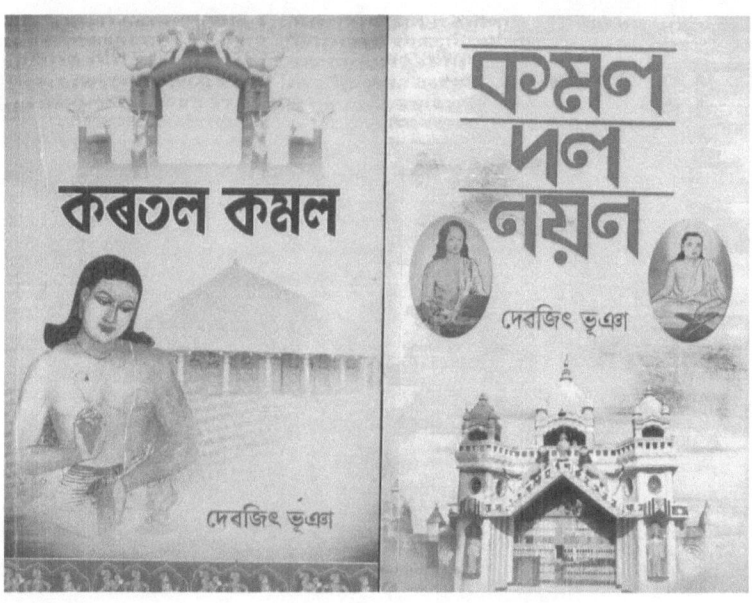

အနိုင်ကျင့်တယ်။

သင့်သူငယ်ချင်း ဒါမှမဟုတ် ဘယ်သူ့ကိုမှ အနိုင်ကျင့်တာမျိုး ဘယ်တော့မှ မလုပ်ပါနဲ့။ ရန်ငြိုးဖွဲ့ခြင်း၊
အချစ်နှင့်ဆက်ဆံရေးသည် ထာဝရပျောက်ကွယ်သွားလိမ့်မည်။
လူတွေက ရိုင်းစိုင်းတဲ့ သဘာဝကြောင့် မင်းကို ရှောင်ကြလိမ့်မယ်။
တိုးတက်မှုနှင့် စိတ်၏ ငြိမ်းချမ်းမှုသည် အနိုင်ကျင့်မှုနှင့်အတူ ကွယ်ပျောက်သွားလိမ့်မည်။
အနိုင်ကျင့်တာထက် သည်းခံမှုနဲ့ ငိုတာက ပိုကောင်းပါတယ်။
ဘုရားသခင်သည် သင့်မျက်ရည်ကို သုတ်ရန် တစ်စုံတစ်ဦးကို စေလွှတ်တော်မူလိမ့်မည်။

ဘုန်းကြီး

အခုခေတ် ဘုန်းကြီးတွေတောင် ရိုးသားပြီး ကျင့်ဝတ်တွေ ကင်းမဲ့နေကြတယ်။
သူတို့သည် သစ္စာတရားနှင့် သမာဓိလမ်းစဉ်ကို ဘယ်တော့မှ မလိုက်ကြပါ။
ယဇ်ပုရောဟိတ်များသည် ဘာသာရေးအမည်ဖြင့် လူများကို လှည့်စားကြသည်။
ဘာသာရေး ပြုပြင်ပြောင်းလဲမှုနှင့် လူကောင်းများ ဝင်ရောက်ခြင်းသည်
ဖြေရှင်းချက်ဖြစ်သည်။
ယဇ်ပုရောဟိတ်များသည် လူများကို ခွဲခြားပြီး အချင်းချင်း တိုက်ခိုက်ရန်
လှုံ့ဆော်ကြသည်။
လူတို့သည် သူတို့ကို ကယ်တင်ရှင်နှင့် ဖခင်အဖြစ် ယုံကြည်ကြသည်။
လူလတ်တန်းစားတွေက တကယ့် ဘာသာရေး အဆုံးအမတွေကို ဖျက်ဆီးနေတယ်။
ဘာကြောင့်လဲဆိုတော့ သူတို့က သူတို့ရဲ့ဝင်ငွေတွေကို မြှင့်တင်ဖို့ ကူညီပေးလို့ပါပဲ။
ဘုန်းကြီးတွေက ဘာသာရေးကို ဖုံးကွယ်ပြီး ညစ်ပတ်အောင်လုပ်တယ်။
စပျစ်ရည်၊ စည်းစိမ်နှင့် မိန်းမတွေနဲ့ ပါတီပွဲကို ကျင်းပကြတယ်။
သခင်ယေရှု၏သွန်သင်ချက်များသည် မှန်ကန်ပြီး ရိုးရှင်းပါသည်။
ဘာသာတရားများတွင် လူလတ်တန်းစားများသာ ဒုက္ခဖန်တီးနေပါသည်။

နေထွက်ပါစေ။

ထောင်နဲ့ချီပြီး ရှေ့ကိုချီတက်တဲ့အချိန်တိုင်း
ချီတက်သံသည် ကာရံတူသည်။
ခေါင်းဆောင်များကိုယ်တိုင် အကျိုးစီးပွားအတွက် နိုင်ငံရေး ပါတီသစ်များ
ဖွဲ့စည်းခဲ့သည်။
မှားယွင်းသော ကတိများဖြင့် အာဏာကို မဲစနစ်ဖြင့် သိမ်းပိုက်သည်။
ဒါပေမယ့် လူထုရဲ့ပြဿနာတွေကတော့ ဒီအတိုင်းပါပဲ။
အစုလိုက်အပြုံလိုက် လှုံ့ဆော်မှုနှင့် စည်းရုံးလှုံ့ဆော်မှုသည် အမြဲတမ်း
နိုင်ငံရေးဂိမ်းဖြစ်သည်။
ကျော်ကြားမှုရှိလျှင် အုပ်စိုးရှင်ဖြစ်မည်ကို ခေါင်းဆောင်များသည်
ကောင်းစွာသိသည်။
ခေါင်းဆောင်တွေ လာပြီးတော့ ခေါင်းဆောင်တွေ သွားပြီးတော့ လူတွေက
သူတို့နောက်မှာ ရပ်နေကြတယ်။
စက်ဝိုင်းတွင် အုပ်စုတစ်စုမှ အခြားတစ်ခုသို့ ပါဝါပြောင်းသည်။
သို့သော်လည်း ဆင်းရဲသားတို့သည် ဆင်းရဲမွဲတေ၍ ဒုက္ခဆင်းရဲ

Bharatai မြန်မြန်လုပ်

မြန်မြန်လုပ်၊ မြန်မြန်လုပ်
လမ်းပေါ်မခြေပါစေနှင့်
သစ်ပင်အောက်မှာ လဲမနေပါနဲ့။
အဲဒီမှာ ပျားတွေ အများကြီး ပျံနေတယ်။
သစ်ပင်ကြီးများသည် သစ်ပင်များအတွက် အသိုက်များဖြစ်သည်။
မြို့တွေမှာတော့ တွေ့မှာမဟုတ်ဘူး။
လူတွေ အိမ်ဆောက်ဖို့ သစ်ပင်တွေ အကုန်ခုတ်တယ်။
မြို့များသည် ကွန်ကရစ်၊ လေထုညစ်ညမ်းမှုနှင့် ကားများ၏ တောနက်များဖြစ်သည်။
လေထုညစ်ညမ်းမှုမှ ပျားများသည် အမြဲဝေးဝေးနေပါ။
ယဉ်ကျေးမှုသည် မြို့များထက် ရွှေးချယ်စရာမရှိပါ။
ဒါကြောင့် အဲဒီနေရာမှာ အခြေချဖို့ လူတိုင်းက မြန်မြန်ဆန်ဆန် လုပ်နေကြတယ်။

အားလုံးကိုချစ်တယ်။

အားလုံးကိုချစ်ပါ၊ အားလုံးကိုချစ်ပါ၊ အားလုံးကိုချစ်ပါ။
ငွေကို လောဘဇောနဲ့ မမှန်းပါနဲ့။
ဒီကမ္ဘာမှာ အချစ်ဆိုတာ ပျိုးရည်အစစ်ပါ။
အချစ်ကိုရရင် ဘဝက အောင်မြင်တယ်။
ကမ္ဘာကြီးသည် ကောင်းကင်ဘုံကဲ့သို့ ဖြစ်လိမ့်မည်။
ငွေကြေးနှင့် ကြွယ်ဝမှုသည် အချိန်နှင့်အမျှ ပျက်စီးသွားနိုင်သည်။
အသက်ထက်ဆုံး ခြင်းချက်မရှိ အချစ်တွေ စီးဆင်းနေလိမ့်မယ်။
သစ်ရွက်ပေါ်မှ ရေစက်ကဲ့သို့ တောက်ပနေလိမ့်မည်။
ထွက်ခွာချိန်တွင် ငွေမကုန်ပါ။
မင်းကိုချစ်တဲ့သူက မျက်ရည်တွေနဲ့ နှုတ်ဆက်လိမ့်မယ်။

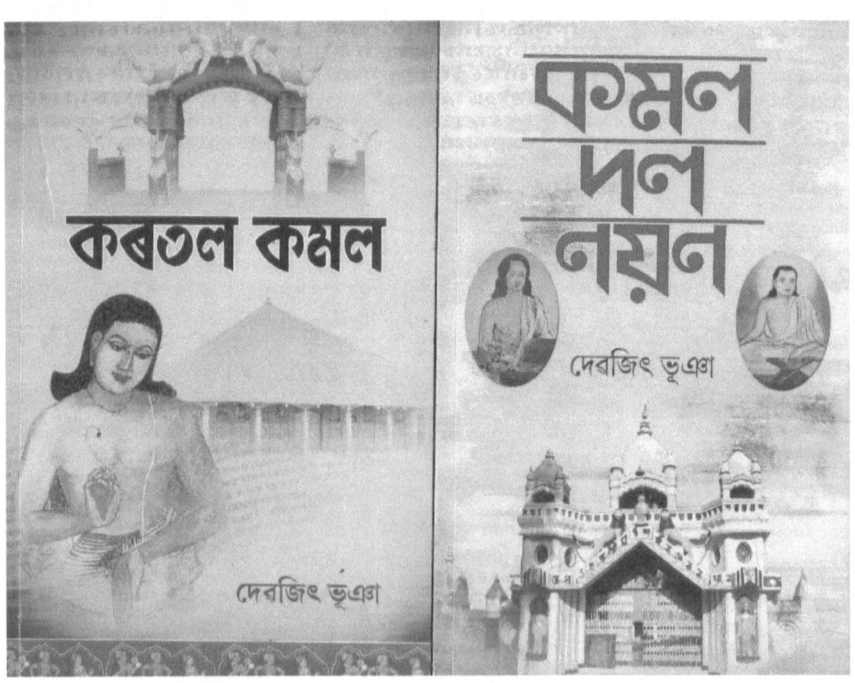

အဲတော့ မင်း အလုပ်စလုပ်တယ်။

အဲတော့ မင်းအလုပ်စလုပ်ပြီး မင်းရဲ့လုပ်ငန်းကို သတိရလိုက်ပါ။
အလကား ထာဝစဉ် ဘယ်သူ့မှ မပေးဘူး။
လက်ထဲတွင် လွှကိုယူ၍ ဟစ်အော်သည်။
ဒီကမ္ဘာကြီးမှာ အခွင့်အလမ်းဆိုတာ မရှိသလောက်ပါပဲ။
တခြားပြည်နယ်ကလူတွေက အာသံမှာ ဝင်ငွေအများကြီးရတယ်။
ဒါပေမယ့် မင်းပြောသလို ငါ့နိုင်ငံမှာ အခွင့်အလမ်းမရှိဘူး။
ကွန်ပြူတာ၊ ဘောပင်နှင့် စာအုပ်များကို လက်ထဲတွင် စကားပြောပါ သို့မဟုတ် သစ်ပင်စိုက်ပါ။
တစ်နေ့မှာ အဲဒီသစ်ပင်တွေက မင်းကို အသီးအနှံတွေ ပေးလိမ့်မယ်၊ ဘဝက တင်းမာမှုတွေ ကင်းစင်သွားလိမ့်မယ်။

ကွယ်လွန်ချိန်တွင်

မင်းနောက်ဆုံးထွက်ခွာချိန်
ပိုက်ဆံက မင်းရဲ့အဖော်မဟုတ်ဘူး။
မင်းရဲ့လှပတဲ့အိမ်က မင်းနဲ့လိုက်မှာမဟုတ်ဘူး။
သင်စုဆောင်းထားသော နှစ်သက်ရာ ဥစ္စာများသည် ပြန့်ကျဲနေလိမ့်မည်။
သေပြီးရင် ဒီဝဿ ဘယ်အရာမှ ရှိမှာမဟုတ်ဘူး။
အမဲသားနှင့် အရိုးတို့ အသေကောင်သည် သင်္ချိုင်းအောက်တွင် ရှိလိမ့်မည်။
မင်းအသက်ရှင်နေတဲ့အချိန်မှာ မင်းဘယ်သူကိုမှ မကူညီဖူးဘူးဆိုရင်
မင်းသေပြီးရင် မင်းသင်္ချိုင်းမှာ ဘယ်သူမှ ပန်းမပူဇော်ဘူး။
အသက်ရှင်စဉ်အခါက စေတနာ၊ စေတနာထားပြီး သူတစ်ပါးကို ကူညီပါ။
လူတွေကို သူတို့ နာကျင်ကိုက်ခဲနေချိန်မှာ ချစ်ပါ။
သေပြီးနောက်မှာတောင် မင်းရဲ့မှတ်ဉာဏ်တွေ တိုးလာလိမ့်မယ်။

အိမ်က စာဒုက်

သင့်အိမ်အနီးတွင်နေထိုင်သော ဒုက်ကလေးကို ချစ်ပါ။
ဟိုးအရင်ကတည်းက လူသားတွေရဲ့ အဖော်ပါ။
Homo sapiens ၏တိုးတက်မှုသမိုင်း၏တစ်စိတ်တစ်ပိုင်း
အနှစ်တစ်သောင်း ရှည်လျှားတဲ့ ခရီးလမ်းမှာ လူသားတွေကို ဘယ်တော့မှ
မစွန့်ပစ်ဘူး။
အခုဆို မြို့ကြီးရွာတွေမှာ အန္တရာယ်ရှိနေပြီ။
ကွန်ကရစ်တောထဲတွင် ၎င်းတို့၏ နေထိုင်ရာများကို ဖျက်ဆီးခဲ့သည်။
ဒီဒုက်လေးကို ချစ်ပြီး မျိုးသုဉ်းသွားအောင် ကူညီပေးပါ။
မဟုတ်ရင် လူသားတွေဟာ သူတို့ရဲ့ ပျံ့သန်းတဲ့ အဖော်တစ်ယောက် ဆုံးရှုံးရလိမ့်မယ်။

ငွေရောင်တောက်တောက်များ

သန်းပေါင်းများစွာသော လူတို့သည် ဝတ်မွတ်ခေါင်းပါးခြင်း နှင့် ရင်ဆိုင်နေရသည်။ ဒါပေမယ့် စားသောက်ကုန်တွေ အလဟဿတွေ ဆက်ဖြစ်နေပါတယ်။ ချမ်းသာတဲ့သူတွေက ငွေအင်အားနဲ့ ပိုဖြုန်းတီးကြတယ်။ သူတို့ရဲ့ ဇိမ်ခံမှုနဲ့ ဝါသနာအတွက်၊ သူတို့က ကာဗွန်ကို ပိုထုတ်ပါတယ်။ ဝတ်မွတ်ခေါင်းပါးသူ ဆင်းရဲသားများသည် ကာဗွန်ဒိုင်အောက်ဆိုဒ် သူ့ကို မည်သို့ကူညီမည်နည်း။ ဖွံ့ဖြိုးပြီး မြို့ကြီးတစ်မြို့သည် ဆင်းရဲသောနိုင်ငံထက် ကာဗွန်ပိုထုတ်လွှတ်သည်။ ကာဗွန်ထုတ်လွှတ်မှုအတွက် သာတူညီမျှခွင့်ပြုမှုသည် တစ်ခုတည်းသောဖြေရှင်းချက်ဖြစ်သည်။ မကြာခင်မှာ ရာသီဥတုဖောက်ပြန်မှုနဲ့ ကမ္ဘာကြီးပူနွေးလာမှုက သေတော့မယ်။ အချမ်းသာဆုံးသော သူသည်ပင် သားကောင်နှင့် ကျဆုံးလိမ့်မည်။

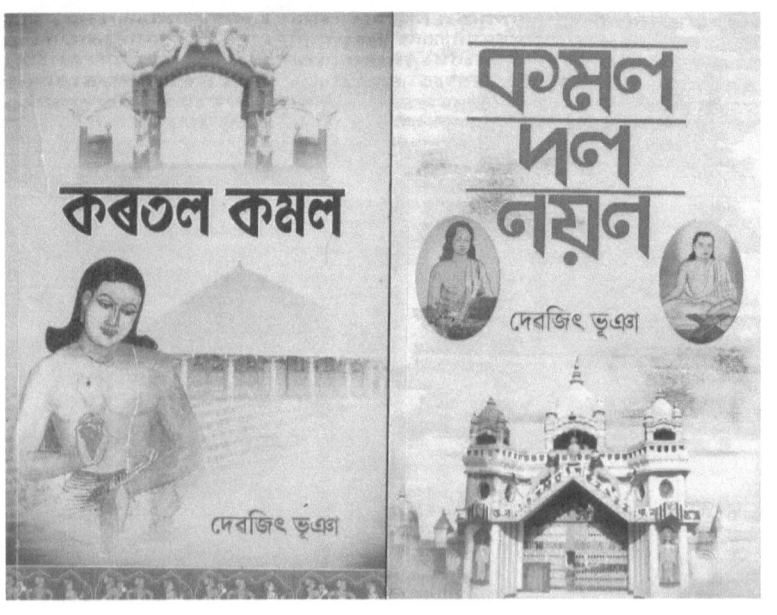

အလုပ်လုပ်ဖို့ အဆင်သင့်ဖြစ်ပါစေ။

ဘုရားသခင်ကို စိတ်ရင်းမှန်နဲ့ ဆုတောင်းရင်တောင်
ဘုရားသခင်ရှေ့ ဘယ်သူကမှ မင်းအလုပ်ကိုလုပ်ဖို့ လာမှာမဟုတ်ဘူး။
ဆုတောင်းခြင်းတစ်ခုတည်းနှင့် လုံလောက်သည်ဟု နားလည်မှုလွဲနေခြင်းကို
စွန့်လွှတ်လိုက်ပါ။
ကိုယ့်အလုပ်ကို ထိရောက်အောင်လုပ်ဖို့ အဆင်သင့်ဖြစ်ပါစေ။
လိုအပ်ပါက သင့်ကိုယ်ပိုင်လမ်းနှင့် တံတားကို တည်ဆောက်ပါ။ တစ်စုံတစ်ဦးကို
မစောင့်ပါနှင့်
မြစ်နဲ့ သမုဒ္ဒရာကို ဖြတ်ကူးပြီး ဘုရားသခင် လေ့လွှတ်ဖို့ မစောင့်ပါနဲ့။
သင်စလုပ်သည်နှင့်၊ လူများပူးပေါင်းပါဝင်ပြီး ကူညီပေးသောလက်များနောက်သို့
လိုက်လာပါမည်။
Team က ဖွဲ့ဖြိုးပြီး သင်က ခေါင်းဆောင်ဖြစ်ပါလိမ့်မယ်။
သို့သော် အလုပ်မရှိလျှင် ဦးထုပ်၊ ဒုက်မွေးကို အဘယ်သူမှု မပေးရ။

အောင်မြင်သောဘဝ

ငွေအင်အားဖြင့်သာ ဘဝအောင်မြင်မည်။
ဆုတောင်းခြင်းဖြင့်သာ ဘဝအောင်မြင်မည်။
ကြိုးစားအားထုတ်မှုတစ်ခုတည်းနဲ့တောင် အောင်မြင်မှုမရနိုင်ပါဘူး။
ပေါင်းသင်းဆက်ဆံရေးကြောင့်သာ ဘဝအောင်မြင်မည် မဟုတ်ပေ။
မင်းရဲ့စာတွေကြောင့် ဘဝက အောင်မြင်မှာမဟုတ်ဘူး။
အမျိုးအနွယ် များများမွေးခြင်းဖြင့် ဘဝအောင်မြင်မည် မဟုတ်ပေ။
အချစ်လမ်းမှာ ဇွဲမလျှော့ဘဲ ဘဝအောင်မြင်မည်။
လူ့လောကနှင့် လူသားတို့အတွက် စေတနာပါသော အလုပ်။

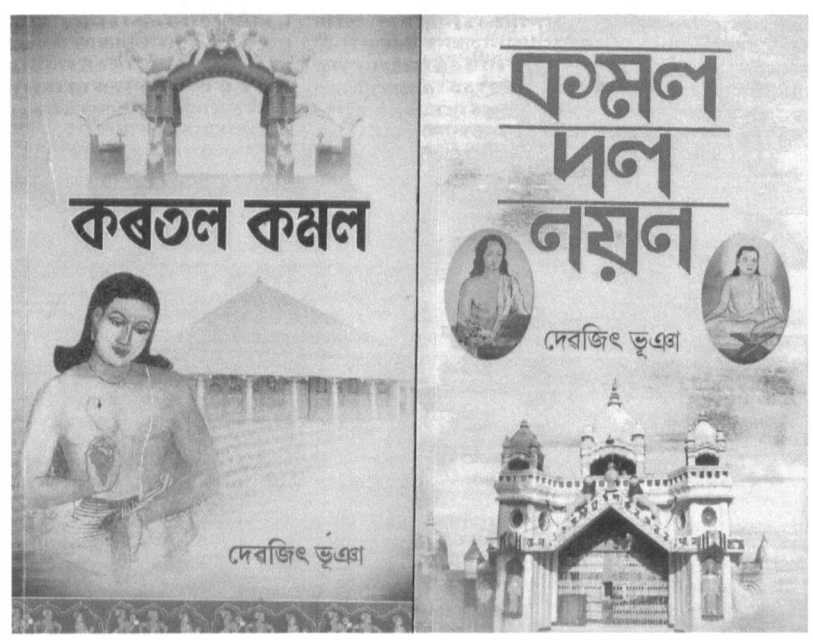

ရွှေအာသံ

အာသံသည် ပြောင်လက်တောက်ပသော ရွှေနှင့်တူသည်။
အလှတရားတွေ နေ့စဉ်နဲ့အမျှ သဘာဝတရားတွေ ပေါက်ဖွားလာကြပါတယ်။
သို့သော်လည်း အာသံသည် ခေတ်နောက်ကျပြီး ဖွံ့ဖြိုးတိုးတက်မှု နည်းပါးသည်။
နွေရာသီတွင် အာသံသည် ရေအောက်တွင် နစ်မြုပ်သည်။
ဒီအကြောင်းကို နှစ်ရာနဲ့ချီပြီး လူတွေ ဆွေးနွေးခဲ့ကြတယ်။
ဒါပေမယ့် ရေကြီးရေလျှံမှု ပြဿနာက မပြေလည်သေးဘူး။
အကျင့်ပျက်သူတွေက ပြည်သူ့ဘဏ္ဍာတွေကို သိမ်းတယ်။
ပင်ပန်း နွမ်းနယ် တတ်တဲ့ ယောက်ျား ရဲ့ခရီး မှာ ကျန်ရှစ်ခဲ့ ပါ သေးတယ်
မျိုးဆက်သစ်လူငယ်တွေ စည်းလုံးညီညွတ်ပြီး ရှေ့ကို ဆက်လျှောက်ပါ။
အကျင့်ပျက်နိုင်ငံရေးသမားများကို အပြစ်ပေးကာ အာသံကို ဆုချီးမြှင့်သည်။

ဖယောင်းတိုင်

ဖယောင်းတိုင်သည် အုတ်ဂူပေါ် တောက်ပသော အလင်းရောင်ကို ပေးသည်။
မီးလောင်နေစဉ် သေလွန်သူများကို အမှတ်ရစေသည်။
လူတွေက တစ်နှစ်မှာ တစ်ခါ ရောဂါကို သတိရတယ်။
ဖယောင်းတိုင်မီးထွန်းပြီး အနန္တတန်ခိုးရှင်ထံ ဆုတောင်းပါ။
သင်္ချိုင်းသည် လူသေအလောင်းများကို စွန့်ပစ်ရန် နေရာတစ်ခုမျှသာ မဟုတ်ပါ။
မိတ်ဆွေ၊ ရန်သူ သို့မဟုတ် ရန်သူတိုင်း၏ နောက်ဆုံးပန်းတိုင်ဖြစ်သည်။
ဖယောင်းတိုင်မီးသည် အသက်ရှင်နေချိန်တွင် လူတိုင်းကို လင်းစေသင့်သည်။
ဖယောင်းတိုင်မီးထွန်းနေစဉ် နောက်ဆုံးပန်းတိုင်ကို အမြဲသတိရပါ။

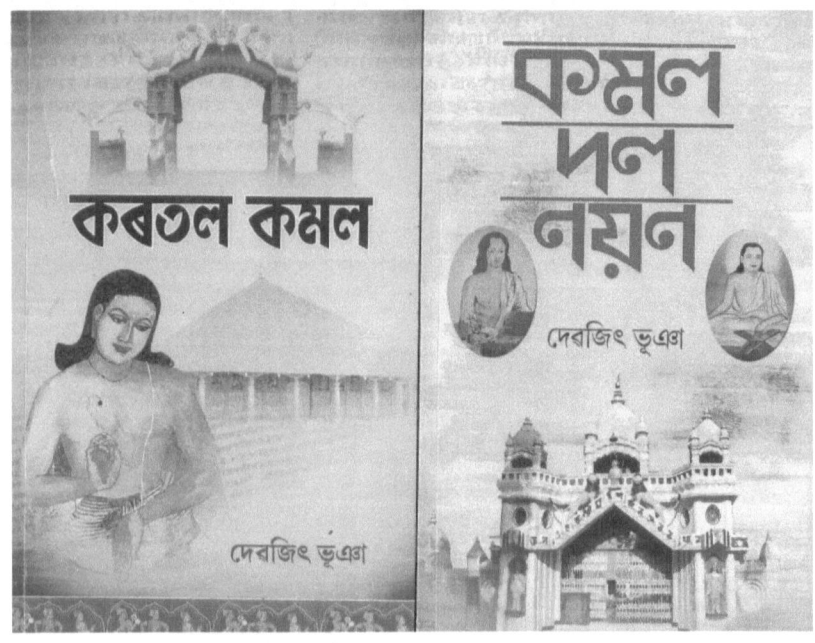

Awadh Kingdom

တစ်ချိန်က အိန္ဒိယမှာ ဘုန်းကြီးတဲ့နိုင်ငံ ရာမဘုရင်အားလုံး၏ အရှင်သည် တရားဥပဒေစိုးမိုးရေးကို ထူထောင်ခဲ့သည်။ ရာဇဝတ်မှု မရှိ၊ အကြောက်တရားမရှိ၊ သဘောထားကွဲလွဲမှုများကို နှိမ်နှင်းခြင်း မရှိပေ။

Sita နှင့် Lakshmana တို့ကိုပင် နှင်ထုတ်ခဲ့သည်။

Awadh တွင်ရှိသောဘဝသည် သန့်ရှင်းပြီး ရိုးရှင်းပါသည်။

သို့သော် ရှင်သန်နေသောနိုင်ငံသည် အပြောင်းအလဲကို မခံနိုင်ပါ။

ယခုအခါတွင် သမိုင်းကြောင်းနှင့် ပျက်စီးယိုယွင်းနေသော အမွေအနှစ်များသာ ကျန်ရှိတော့သည်။

Rama ဘုရားကျောင်းအသစ်နှင့်အတူ၊ ၎င်း၏ပျောက်ဆုံးနေသောဂုဏ်ကျက်သရေပြန်လည်ရှင်သန်လာသည်။

ကတ္တီပါ

ကတ္တီပါ၏ အထိအတွေ့သည် အလွန်နူးညံ့သိမ်မွေ့သည်။
သဘာဝက ချည်သားရဲ့ ပျော့ပျောင်းတဲ့ ပေါင်းစည်းမှုလိုပါပဲ။
အရောင်အမျိုးမျိုးဖြင့် လှပပြီး ရင်သပ်ရှုမောဖွယ်ကြည့်ရှုပါ။
ကတ္တီပါအဝတ်အစားများကို ဘုရင်မဟု သတ်မှတ်ခဲ့ဖူးသည်။
ကတ္တီပါ၏ ဘုန်းအသရေ မှေးမှိန်နေဆဲပင်
ကတ္တီပါ၏ ဆွဲဆောင်မှုကို ယခုပင် လူတို့ မခံနိုင်။

လသည်

လသည် မကြာခဏပေါ်လာပြီး ၎င်း၏ပတ်လမ်းကြောင်းတွင် ပျောက်ကွယ်သွားတတ်သည်။
အရဏ်ဦးတွင် လကွယ်ပျောက်သောအခါတွင် ငှက်များသည် တေးဆိုကြသည်။
လူတွေဟာ လရဲ့တော်လှန်ရေးကို ကြည့်ပြီး ဘာသာရေး ဥပုသ်လုပ်ကြတယ်။
ဘုရားသခင်ဟု ယူဆသည်နှင့် တစ်ပြိုင်နက် လူသားသည် ၎င်း၏ မျက်နှာပြင်ကို အကြာကြီး ပြန်ဆင်းသက်ခဲ့သည်။
ယခုအခါ လူတွေဟာ နည်းပညာအားဖြင့် Moon ကို နယ်မြေချဲ့ထွင်ဖို့ ပြိုင်ဆိုင်နေကြပါပြီ။
လသည် ဂြိုလ်တုအဖြစ် မွေးဖွားလာတည်းက ကမ္ဘာမြေကို သက်ရောက်မှုရှိခဲ့သည်။
ဒီရေတက်ခြင်း၊ ဒီရေညှိခြင်းသည် လ၏ဆွဲငင်အား၏အကျိုးသက်ရောက်မှုဖြစ်သည်။
များမကြာမီ လူသားတို့၏ ကိုလိုနီများသည် လနှင့် လူမျိုးများ၏ ပဋိပက္ခများ ဖြစ်လာတော့မည်။
လတွင် တည်ရှိခဲ့သော ဒဏ္ဍာရီအရ ကွဲပြားစွာ ဖြစ်ပျက်နေသည်။
ဒါပေမယ့် အခုလ တည်ရှိနေတာကြောင့် သဘာဝနည်းလမ်းကို ဖျက်ဆီးတာက အန္တရာယ်ရှိနိုင်ပါတယ်။
လမရှိလျှင် ကျွန်ုပ်တို့ကမ္ဘာဂြိုဟ်၏ ရာသီဥတုသည် သက်ရှိများအတွက် သင့်လျော်မည်မဟုတ်ပေ။

ယုန်

အပြစ်မဲ့ ယုန်ကို ကြင်နာပါ။
သူတို့လောက် မသန်မာဘူး။
တိရစ္ဆာန်တိုင်းက သတ်ချင်ကြတယ်။
ဖွူဖွေးသော သားမွေးများဖြင့် ၎င်းတို့သည် တောတွင်း၏ အလှများဖြစ်သည်။
ဒီနေရာလေးမှာ ပျော်ပျော်ရွှင်ရွှင် ဖြတ်သန်းပါ။
မည်သည့်အကြောင်းကြောင့် မည်သူ့ကိုမျှ ထိခိုက်နစ်နာစေခြင်း မပြုပါနှင့်
ဒါပေမယ့် သူတို့ရဲ့အရသာရှိတဲ့ အသားတွေက ရန်သူကို ယူဆောင်လာပေးတယ်။
လူသားများသည် အပျော်သဘောနှင့် သားမွေးရန်အတွက်လည်း သတ်ကြသည်။
တခါတရံ ထောင်ထဲမှာ အတင်းအကြပ် နေထိုင်ခိုင်းတယ်။
အကြောင်းပြချက် ချမှတ်တာကို မကြိုက်ကြပါဘူး။
လူသားများသည် ၎င်းတို့၏ သဘာဝ အရင်းအမြစ်များကို ဖျက်ဆီးခဲ့သည်။
အခုလည်း ခြေတာတာလေးတွေကို ချီးမွမ်းပေးမယ်။

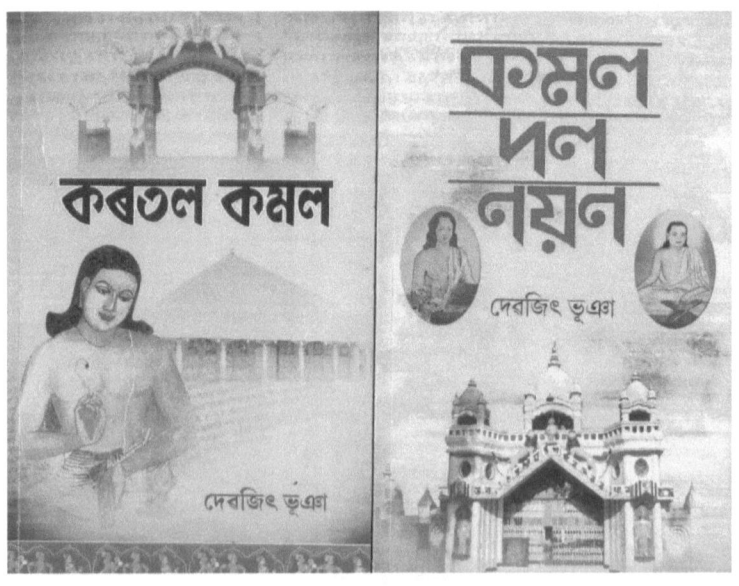

စကားများရန်ဖြစ်

အို ကလေး၊ ရန်မဖြစ်ကြနဲ့၊ မင်းရဲ့ဂိမ်းကို ပျက်စီးစေလိမ့်မယ်။
ဒေါသတွေထွက်ပြီး ရက်သတ္တပတ်ကြာအောင် မကစားတော့ဘူး။
ဒေါသသည် ရှင်မြူးသောကစားနည်း၌ အလွန်ဆိုးရွားသည်။
မင်းရဲ့ဒေါသကို ပုလင်းထဲမှာ လှောင်ထားလိုက်ပါ။
Sankardeva တွင်၊ ရန်ဖြစ်စရာနေရာမရှိပါ။
တစ်ယောက်နဲ့တစ်ယောက် ချစ်ပြီး သူငယ်ချင်းတွေနဲ့ ပျော်ပျော်ရွှင်ရွှင် ကစားပါ။
အသက်ကြီးလာတဲ့အမှု ဒီရက်တွေဟာ ရန်ဖြစ်ခြင်းတွေကို ရပ်တန့်စေပါလိမ့်မယ်။
လူ့အဖွဲ့အစည်းသည် ဆင်ခြင်တုံတရားနှင့် အကြမ်းဖက်မှု ကင်းစင်မည်ဖြစ်သည်။

ကြို၊ ရှင်သန်ရန် တိုက်ပွဲ

ကြို၊ မှုဆိုးကို မကြောက်နဲ့
မင်း ချို့နဲ့ ဘယ်လောက် သန်မာတယ်ဆိုတာ သိလိုက်ပါ။
ရှင်သန်ဖို့အတွက် လူသားတွေနဲ့ တိုက်ပွဲဝင်ပါ။
သမင်၊ ဆင်ကို အဖော်အဖြစ် ယူပါ။
Kobra နဲ့လည်း မိတ်ဖွဲ့တယ်။
အားလုံးအတူတကွ Kaziranga ၏ကယ်တင်ရှင်ဖြစ်လာ
Kaziranga သည် ရှေးပဝေသဏီကတည်းက မင်းရဲ့မြေ
လင်းယုန်နှင့် ကျွဲရိုင်းတို့သည်လည်း သင့်အဖွဲ့တွင် ပါလိမ့်မည်
စပါးအုံးမြွေကဲ့သို့ တစ်ချိန်လုံး တစ်ယောက်တည်း အိပ်မနေပါနှင့်
သင်သည် Kazinga ရှိ တိရစ္ဆာန်များ၏ ခေါင်းဆောင်ဖြစ်ပြီး၊
တိုက်ခိုက်ရေးသမားဖြစ်သည်။
ကောင်းသောအာရုံသည် လူသားတို့အပေါ် လွှမ်းမိုးလာလိမ့်မည်။
တိရစ္ဆာန်အားလုံးနဲ့ ရှင်သန်ဖို့ အပြေးပြိုင်ပွဲမှာ မင်းအနိုင်ရလိမ့်မယ်။

Devajit Bhuyan

မြစ်လှိုင်း

တစ်ခါတစ်ရံ မြစ်၏လှိုင်းများသည် လှိုင်းများဖြစ်လာသည်။
ရေသည် လွင်ပြင်သို့ လျှင်မြန်စွာ စီးဆင်းသည်။
Zigzag သည် မြစ်၏လမ်းကြောင်းဖြစ်လာသည်။
လမ်းတွေ အိမ်တွေ သီးနှံတွေ အကုန် ရေအောက် ရောက်သွားသည်
ရွှံ့အလွှာများနှင့် သဲများသည် အိမ်များကို ပျက်စီးစေသည်။
သို့သော် ရေလွှမ်းမိုးပြီးနောက် မြက်စိမ်းစိမ်းများ ပြန်ပေါက်သည်။
မြက်ခင်းပြင်သည် ရေလွှမ်းမိုးခြင်းကို ဖိတ်ခေါ်သကဲ့သို့ ပြန်လည်နုပျို့စေသည်။

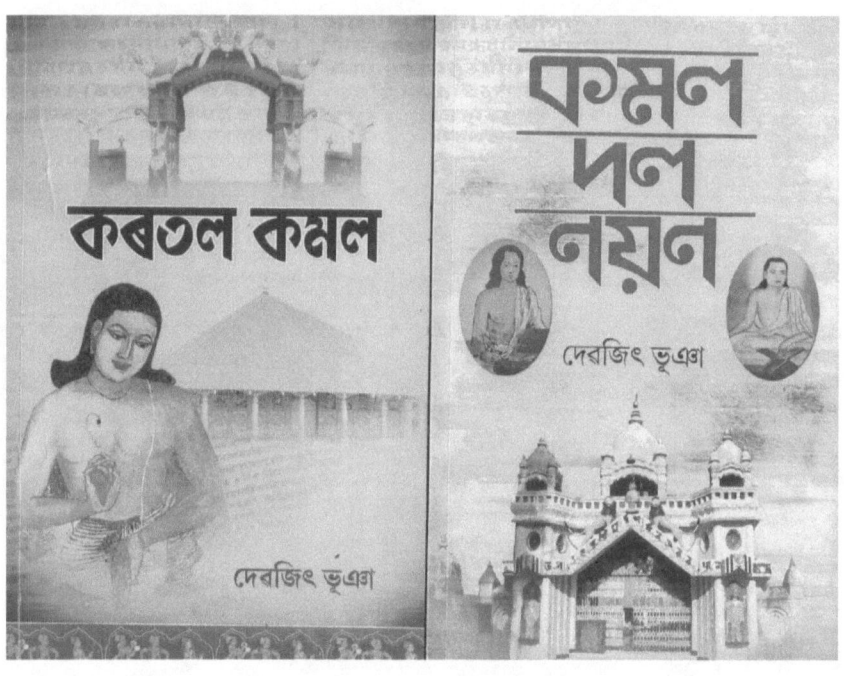

ငါ့လက်ဖဝါးပေါ်မှာ ကြာပန်း

ခြင်

ပိတ်ထားသော ရေတွင်း၌ မွေးဖွားသည်။
ပျူးပျူးလေးတွေလိုပါပဲ။
လူ့သွေးအတွက် အမြဲတမ်း လောဘကြီးသူ
ဘဝသည် ရက်အနည်းငယ်နှင့် တိုတောင်းသော်လည်း၊
နွေရာသီတွင် မြက်ရှိုင်းများကွဲ့သို့ မျိုးဖွားသည်။
အဖျားရောဂါနှင့် အခြားရောဂါများကို လူကိုဖြစ်စေသည်။
Guwahati အာသံမြို့သည် ခြင်များအတွက် မက္ကာဖြစ်သည်။

ဗေဒင်ဆရာ

နက္ခတ်ဗေဒင်ဆရာများသည် ဘုရားသခင်ကို ကိုယ်စားမပြုပါ။
သူတို့ရဲ့ခန့်မှန်းချက် အများစုဟာ မှားသွားတတ်ပါတယ်။
နက္ခတ်ဗေဒင်ဆရာများ၏ တွက်ချက်မှုများသည် လိမ်လည်မှုဟု ခေါ်သည်။
လူတွေကို လှည့်စားပြီး ကိုယ်ကျိုးအတွက် ငွေရှာကြတယ်။
သာမာန်လူများသည် အသက်အရွယ်ကြီးရင်မှ မျက်ကန်းယုံကြည်ခြင်းကို
ယုံကြည်ကြသည်။
ပိုက်ဆံများများရလို့ ချိုသာတဲ့စကားတွေပြောတတ်ပြီး ပိုမိုကောင်းမွန်တဲ့
ခန့်မှန်းချက်တွေလည်း ပေးတတ်ကြတယ်။
ဒါပေမယ့် ပိုက်ဆံမရှိရင် ကန့်သတ်ချက်တွေ များလွန်းတယ်။

အသက်ခြောက်ဆယ်

အသက်ခြောက်ဆယ်မှာ အသက်နှစ်ဆယ်လောက် မပြေးနိုင်တော့ဘူး။ ခန္ဓာကိုယ် အားနည်းလာကာ ကြွပ်ဆတ်လာပြီး အရိုးများ ကျိုးလွယ်လာသည်။ အရိုးကွဲအက်ခြင်း သို့မဟုတ် ပျက်စီးခြင်းတို့သည် လျင်မြန်စွာ ပျောက်ကင်းခြင်း မရှိပါ။

သင့်စိတ်သည် ယယ်ရွယ်သူ သို့မဟုတ် ဆယ်ကျော်သက်ကဲ့သို့ပင် ဖြစ်ကောင်းဖြစ်နိုင်သည်။

ဒါပေမယ့် အလုပ်တစ်ခုပြီးရင် သင့်ခန္ဓာကိုယ်က အနားယူဖို့ စိတ်အားထက်သန်လာပါလိမ့်မယ်။

ကောလိပ်ကျောင်းတက်နေစဉ်အတွင်း သင်လုပ်ဆောင်ခဲ့သလောက် အမြန်မပြေးနိုင်သည်ကို လက်ခံပါ။

အပိုပရီမီယံကြေးအတွက်တောင် အာမခံကုမ္ပဏီများက တွန့်ဆုတ်နေပါသည်။ အသက်ခြောက်ဆယ်ကျော်မှ နှလုံးကျန်းမာရေးကို ဂရုစိုက်ပါ။ လေ့ကျင့်ခန်း မလုပ်ဘဲ လမ်းလျှောက်တာ အရမ်းမြန်ပါတယ်။

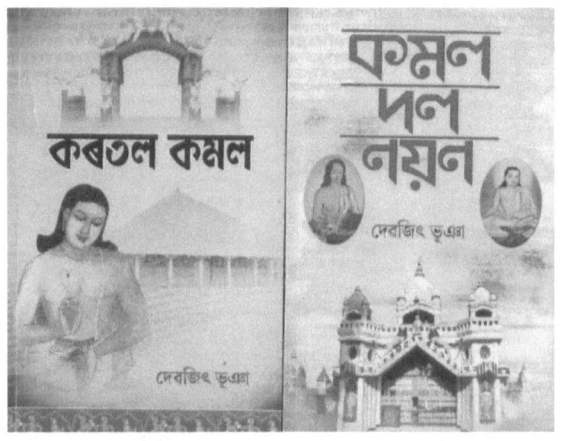

မဆွေးမြေ့သော အမေ

လူတွေလာမယ်၊ လူတွေလည်း လာမယ်။
စိတ်က အချိန်တိုင်း ပြောင်းလဲနေလိမ့်မယ်။
တခါတရံ လူတွေက ချီးမွမ်းကြလိမ့်မယ်။
တစ်ခါတလေ လူတွေက ငြင်းကြလိမ့်မယ်။
တခါတရံမှာ လူတွေက ဘာမှမထူးခြားပါဘူး။
ဒါပေမယ့် တောင်ကုန်းတွေနဲ့တူတယ်။
အမေက မင်းနဲ့အတူ အမြဲရှိနေမယ်။
သားသမီးအပေါ်ထားတဲ့ သူမရဲ့အချစ်က မေးခွန်းထုတ်စရာမရှိပါဘူး။
အဲဒါကြောင့် ဆင့်ကဲဖြစ်စဉ်တွေ ဆက်ဖြစ်နေပါတယ်။
ပြီးတော့ ငါတို့ရဲ့ လူယဉ်ကျေးမှုက ပေါ်နေတယ်။

ငါ့လက်ဖဝါးပေါ်မှာ ကြာပန်း

ချစ်သော အာသံ

အာသံ သည် ငါတို့ ချစ်သော နေရာ ဖြစ်သည်။
နိုင်ငံခြားမှာတောင် သတိရတယ်။
နေ့တိုင်း ပြန်လာဖို့ စဉ်းစားတယ်။
ဤနေရာတွင် အသီးအနှံများသည် အမျိုးမျိုးရှိပြီး အရည်ရွှမ်းသည်။
အလယ်အလတ် ရာသီဥတုက ခံစားလို့ကောင်းလွန်းတယ်။
ထူးခြားသော ဇီဝမျိုးစုံမျိုးကွဲ စပါးမျိုးများ
ဦးချိုကြွနှင့် တိရိစ္ဆာန်များ ချမ်းသာကြွယ်ဝသည်။
လူတွေဟာ ရိုးရှင်းပြီး စည်းစိမ်ဥစ္စာကို လောဘမကြီးပါဘူး။
အမိမြေ အာသံသည် ကျွန်ုပ်တို့၏ စစ်မှန်သော အင်အားဖြစ်သည်။

မေတ္တာပလိန်ချင်

ဗာလစံစေးသည် တောင်ပံပိုးမှ ယားယံခြင်းကို သက်သာစေနိုင်သည်။
မတူညီတဲ့ ဆင်းရဲဒုက္ခတွေကို ဖယ်ရှားဖို့ ဗာလစံစေးကို ယူတယ်။
ဒါပေမယ့် စိတ်ဝေဒနာမှာ အချစ်က တစ်ခုတည်းသော ပရဆတ်ဆီပါ။
တစ်စုံတစ်ယောက်ရဲ့နာကျင်မှုကို မေတ္တာနဲ့ ဂရုတစိုက် ကုစားပေးပါ။
ကိုယ့်စိတ်ကို ကြည်နူးစေလိမ့်မယ်။
အယူသီးခြင်းသည် ရုပ်ပိုင်းဆိုင်ရာနှင့် စိတ်ပိုင်းဆိုင်ရာ ရောဂါများကို ကုစားနိုင်မည်မဟုတ်ပေ။
ကြွေချိုများ သို့မဟုတ် ကျားသွားများသည် မှော်ဆေးကုသနိုင်စွမ်းမရှိပါ။
သူတို့သည် အလှတရားဖြင့် အပြစ်ကင်းသော သတ္တဝါများဖြစ်သည်။
ကြွေများကို သတ်ခြင်းသည် ရူးသွပ်ခြင်းသာ ဖြစ်သည်။
ဘုရားသခင်ဖန်ဆင်းသမျှကို ကရုဏာဖြင့် ချစ်ပါ။

အိမ်နှင့်မိသားစုအချက်အလက်များ

လူပေါင်းများစွာ၏ စိတ်ထဲမှာ ဝမ်းနည်းပြီး စိတ်ဓာတ်ကျနေသေးသည်။ အခုတလော အိမ်ရှေ့က အခြေအနေတွေက မရှိုးမဖြောင့်နဲ့ အချစ်ရေးမှာ အိမ်ပြန်ဖို့ ရှုပ်ထွေးလွန်းသည်။
ကျွန်ုပ်တို့၏အိမ်သည် ကောင်းမွန်ပြီး သဟဇာတမဖြစ်သောအခါ၊ မြို့၊ နှင့်နိုင်ငံ စည်းလုံးညီညွတ်မှုကို ဘယ်လိုစည်းစားနိုင်မလဲ။
လူတိုင်းလူတိုင်း အဆင်ပြေတဲ့ အိမ်ပတ်ဝန်းကျင်အတွက် အလုပ်လုပ်ရမယ်။ အိမ်အတွင်း၌ အတ္တနှင့် မှားယွင်းသော သာလွန်မှုရှုပ်ထွေးမှုကို စွန့်ပစ်ပါ။ အိမ်၊ အချစ်၊ စိတ်အားထက်သန်မှုတို့ကို စွန့်လွှတ်ရန် စိတ်သဘောထားကို ပြောင်းလဲရန်မှာ နည်းလမ်းဖြစ်သည်။
အိမ်ရှေ့ လမ်းကြောင်းမှန်ပေါ်ရောက်သည်နှင့် တိုင်းပြည်လည်း ယိမ်းယိုင်သွားလိမ့်မည်။

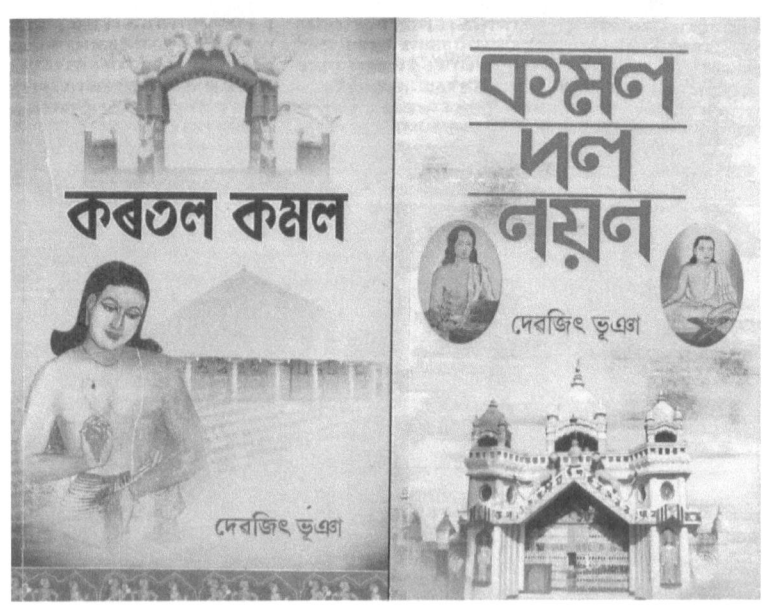

ငွေသည် ပင်ပန်းသောအလုပ်မှ ဝင်လာတတ်ပါသည်။

ငွေသည် လယ်နှင့်သစ်ပင်များတွင် ဘယ်တော့မှ မပေါက်ပါ။
သို့သော် စိုက်ပျိုးခြင်းသည် ငွေကို ထုတ်ပေးနိုင်သည်။
ချေးယူထားသောငွေကို ပြန်ပေးရမည်။
ဒါ မင်းရဲ့ခက်ခက်ခဲခဲ ရတဲ့ ပိုက်ဆံ မဟုတ်ဘူး။
အလုပ်ကြိုးစားခြင်းဖြင့် ရရှိသောငွေသည် ပျားရည်သာဖြစ်သည်။
ငွေဘယ်လိုဝင်လာမလဲဆိုတာကို အချိန်မဖြုန်းပါနဲ့။
မှန်ကန်တဲ့လမ်းကို လျှောက်ရင် နေရာတိုင်းမှာ ပိုက်ဆံရှာမယ်။
ဒါပေမယ့် ပိုက်ဆံစုဖို့တောင် အလုပ်ကြိုးစားရမယ်။
ငွေရှာတဲ့လမ်းဟာ အမြဲတမ်း အတားအဆီးတွေနဲ့ ဆူးတွေပြည့်နေတယ်။
ဒါကြောင့် အချိန်ကို မဖြုန်းတီးပါနဲ့၊ အချိန်က ပိုက်ဆံပဲ၊ ပိုက်ဆံရှိဖို့က အချိန်ယူရမယ်။

နွားသိုး

နွားသည် လူသားတို့အတွက် လယ်ထွန်စပြုလာပြီး လူ့ယဉ်ကျေးမှု ပြောင်းလဲလာသည်။
သို့သော် နွားသည် စိုက်ပျိုးမှု၏ အနိမ့်ဆုံးဝေစုကိုသာ ယူသည်။
လူထက် ဉာဏ်ရည်နိမ့်ပါးခြင်းကြောင့် ညည်းညူခြင်း သို့မဟုတ် နာကြည်းခြင်း မရှိပါ။
ပွဲတော်အတွင်း လူတွေက အသားစားဖို့ နွားတွေကိုတောင် အသတ်ခံရတယ်။
နွားများသည် သေးငယ်ပြီး တန်ခိုးမရှိသော ဘုရားသခင်၏ သားသမီးများဖြစ်သည်။
သူတို့ကို ကျင့်ဝတ်အရ ဆက်ဆံရင် ဘာဖြစ်မလဲ။
လူ့ယဉ်ကျေးမှု ထွန်းကားရေးတွင် ဂုဏ်တို့၏ ပံ့ပိုးကူညီမှုသည် ကြီးမားလှသည်။

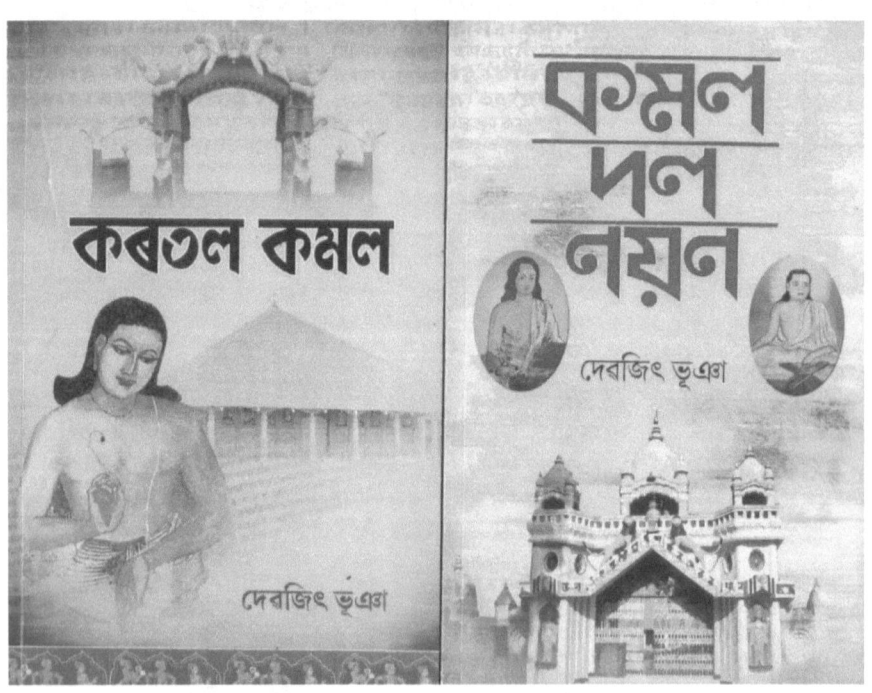

ဒေါသ

ဒေါသသည် ကျွန်ုပ်တို့၏ အကြီးမားဆုံးရန်သူဖြစ်သည်။
ဒေါသနဲ့ အနီးနားက လူတွေကို သတ်ပစ်တယ်။
မိသားစု၊ တိုင်းပြည် ပျက်မယ်။
အရှိန်အဟုန်ပြင်းပြင်းမှာ ကြီးမားတဲ့ အဖြစ်အပျက်တွေ ဖြစ်ပေါ်လာတယ်။
ပြီးတော့ ဒုက္ခတွေ တစ်သက်လုံး ဆက်သွားတယ်။
သင့်ဒေါသကို နှေးစဉ်၊ အချိန်တိုင်း ထိန်းချုပ်ပါ။
အကျိုးကျေးဇူးသည် ကြီးမားပြီး တန်ဖိုးမဖြတ်နိုင်ပေ။
အားလုံးကို စတင်ချစ်လာပြီး အားလုံးက သင့်ကို ချစ်လာပါလိမ့်မယ်။
ပန်းပေါင်းထောင်ချီသည် သက်တံဖြင့် ပွင့်လိမ့်မည်။

အပူမှတ် အအေးမှုတ်ပါ။

တစ်ခါတလေ မှုတ်ရင် ပူတယ်၊ အချိန်လိုအပ်ရင် အအေးမှုတ်ပါ။
ဘဝမှာ အောင်မြင်မှုရဖို့ ဒါက အရေးကြီးတဲ့ စည်းမျဉ်းတစ်ခုပါ။
အရမ်းပူလာရင် မင်းရဲ့ရည်ရွယ်ချက်က ပြည့်စုံမှာမဟုတ်ဘူး။
အေးလွန်းရင် လူတွေက အခွင့်ကောင်းယူမယ်။
စကားပြောရာတွင် ယဉ်ကျေးသော်လည်း လိုအပ်ပါက တင်းတင်းမာမာပြောပါ။
ဘယ်လိုအခြေအနေမျိုးမှာမဆို ကြမ်းကြမ်းတမ်းတမ်း ကြမ်းတမ်းနေဖို့ မလိုအပ်ပါဘူး။
ကိုယ့်ဘက်က အမှားပါရင် ဒေါသမထွက်ပါနဲ့။
မဟုတ်ရင် လူတွေက ကျားဆာလောင်နေသလိုပဲ၊
အခြေအနေ အရပ်ရပ်ကို လိုက်၍ တုံ့ပြန်ခြင်းသည် ဘဝအတွက် ကောင်းမွန်သည်။
တစ်ချိန်လုံး ဆူပူကြိမ်းမောင်းဖို့ မမေ့နဲ့၊ ဇနီးသည်နဲ့သာ ရှိတာလေ။

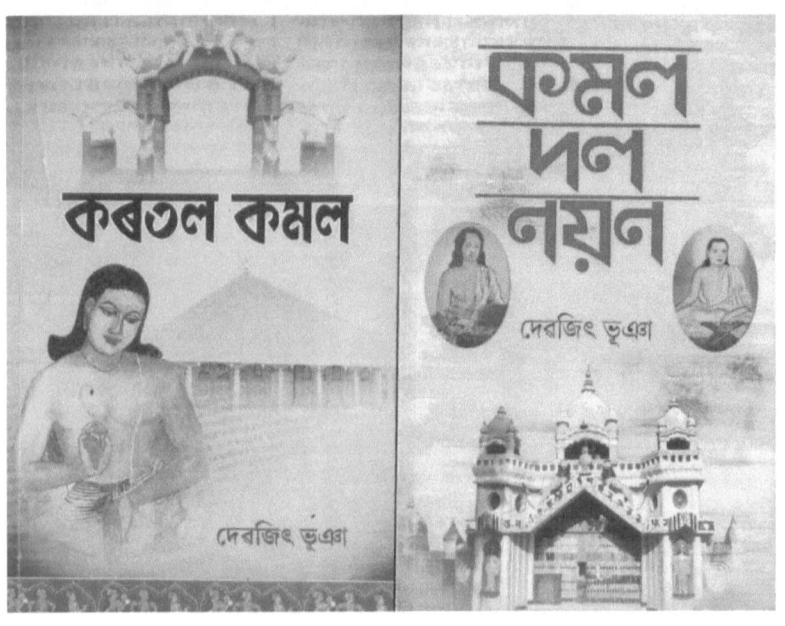

သစ္စာရှိခြင်း။

အတ္တထဲမှာ ဘယ်တော့မှ သူရဲကောင်းမဖြစ်ပါနဲ့။
မင်းရဲ့မြင့်မြတ်တဲ့ စိတ်နေသဘောထားကို လူတွေ မကြာခင် သိလာလိမ့်မယ်။
မင်းအပေါ်ထားတဲ့ လူတွေရဲ့အချစ်က ရေခဲလို အရည်ပျော်သွားတယ်။
ဆင်ခြင်တုံတရားနဲ့ ယဉ်ကျေးစွာ ပြုမူတာက ပိုကောင်းပါတယ်။
မြင့်မြတ်သော သဘောထားသည် သင့်အား တွန်းပို့လိမ့်မည်။
လူတွေက မင်းရဲ့ရခဲလှတဲ့ သရဖူကို ဖြုတ်ချလိမ့်မယ်။
မာနကြီးတဲ့စိတ်ထားက မင်းရဲ့စေတနာကို တူးဆွလိမ့်မယ်။
မင်းရဲ့ဟန်ဆောင်တဲ့ ကိုယ်ဟန်အမူအရာက မင်းကို တောင်ကုန်းပေါ်ကနေ
တွန်းပို့လိမ့်မယ်။

နှစ်သစ်မှာ ချစ်ခြင်းမေတ္တာနဲ့

နှစ်သစ်မှာ ချစ်ခြင်းမေတ္တာများနဲ့ ဆုမွန်ကောင်းများ ရယူလိုက်ပါ။
ငင်းနှင့်အတူ သက်တံ၏အရောင်ခုနစ်ရောင်ကို ယူပါ။
သစ်ပင်တွေရဲ့ အရောင်တွေ ပြောင်းသွားတယ်။
Bihu ပွဲတော်တွင် လူများသည် အဝတ်အစားအသစ်များကို ဝယ်ယူကြသည်။
လူတိုင်းသည် မတူကွဲပြားသော အရောင်များဖြင့် ပွဲတော်ကို ပျော်မွှေကြသည်။
နွားများနှင့် နွားများပင်လျှင် ကြိုးအသစ်ဖြင့် နေကြပြီ။
အချို့သောသူတို့သည် ပိုမိုကောင်းမွန်သောအနာဂတ်အတွက် ဘုရားသခင်၌ ငြင်းဆိုကြသည်။
နှစ်သစ်မှာ မုန်းတီးမှု၊ မနာလိုမှုနဲ့ အတ္တကို စွန့်လွှတ်လိုက်ပါ။
ပျဉ်းမပင်အောက်မှာ ဗုံသံ (dhool)။
အကာသမားများသည် ရှင်မြူးကြသည်။
Bihu ပွဲတော်အတွင်း အာသံသည် စိတ်လှုပ်ရှားဖွယ်ကောင်းသည်။
တောတွင်းရှိ ကြံများနှင့် ငှက်များသည်လည်း ပျော်ရွှင် ကခုန်ကြသည်။
အာသံမြို့ရဲ့ရာသီဉတုက ပျော်ပွဲရွှင်ပွဲတွေနဲ့ ကြည်နူးစရာပါ။

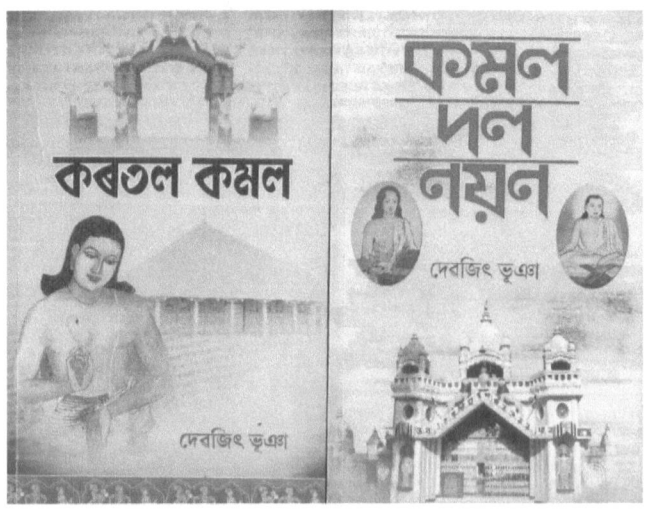

မတ်လမှဧပြီလအတွင်းအာသံ၏ရာသီဥတု

ရာသီဥတုက သာယာလှပလာသည်။
ကောင်းကင်ပြာပြာမှာ တိမ်ဖြူတွေ လွင့်ပျံနေတယ်။
လမ်းတွေပေါ်မှာ ကားတွေက အရှိန်ပြင်းပြင်းနဲ့ ပြေးတယ်။
အလုပ်အရမ်းများတာကြောင့် Pawan အိမ်ပြန်ဖို့ ပျက်ကွက်ခဲ့ပါတယ်။
Pawan မရှိခြင်းကြောင့် Ikon ၏စိတ်သည် မှုန်ကုပ်နေသည်။
သူမသည် ပွင့်နေသော ပန်းမြတ်လေးပင်ဆီသို့ မျှော်ကြည့်နေသည်။
ဒရမ် (dhool) တီးသံကြားတော့ သူ့စိတ်က ရွှင်မြူးလာသည်။
သူမသည် သူမ၏သူငယ်ချင်းများနှင့်အတူ Bihu လယ်ကွင်းသို့ပြေးသည်။
အခွံမာသစ်ပင်အောက်မှာ အားလုံးအတူတကွ ကပြကြသည်။
Bihu သည် Assamese ယဉ်ကျေးမှု၏အသက်သွေးကြောဖြစ်သည်။
မတ်လ-ဧပြီလသည် ရာသီဥတုသာယာသော ကာလဖြစ်သည်။

ပြီးလ၏အချစ်

ချစ်ရတဲ့ပေရယ်ကို ပျော်ပျော်ပါးပါး ဖြတ်သန်းလိုက်ပါ။
စျေးကြီးတဲ့ ဝတ်စုံတွေ၊ အဆင်တန်ဆာတွေ မပေးနိုင်ဘူး။
ငါ့အိတ်ထဲမှာ ပိုက်ဆံမပြည့်ဘူး။
သို့သော်လည်း ငါ့နှလုံးသားသည် ချစ်ခြင်းမေတ္တာ၊
ငွေလိုတဲ့လမ်းဟာ ဆူးတွေနဲ့ ပြည့်နေတယ်။
ဒါပေမယ့် အချစ်လမ်းက အဆုံးမရှိတဲ့ ရန်တွေနဲ့
ပြီးလသည် ငွေကုန်ကြေးကျများသော သူများအတွက် လက်ဆောင်ဝယ်ရန် လဖြစ်သည်။
ကျွန်တော့်အတွက်ကတော့ ညီအစ်ကိုအသင်းအပင်းနဲ့ ချစ်ခြင်းမေတ္တာကို
ဖြန့်ကျက်တဲ့လဖြစ်ပါတယ်။
စျေးကြီးတဲ့ဝိုင်တစ်ပုလင်း လက်ဆောင်ပေးလို့ မရဘူး။
ဒါပေမယ့် ငါ့နှလုံးသားက မင်းကို ပွေ့ဖက်ထားလို့ လွတ်လွတ်လပ်လပ် လာလည်တယ်။
ငါ့အတွက် မင်းရဲ့ပျော်ရွှင်တဲ့မျက်နှာထက် လက်ဆောင်က အရေးမကြီးဘူး
နင်ငါ့ကိုပွေ့ဖက်ပြီး ရှင်လန်းစွာပြီးပြီးတာနဲ့ တစ်ကမ္ဘာလုံးက ငါပါပဲ။

ထူးဆန်းသောကမ္ဘာ

ဒါက ထူးဆန်းတဲ့ကမ္ဘာတစ်ခုပါ။
ချမ်းသာသည် ချမ်းသာသည်၊ ဆင်းရဲသည်၊
အရှေ့နဲ့ အိမ်က အိပ်စရာ ဘာမှမရှိဘူး။
ဆင်းရဲဒုက္ခကို ဘယ်သူမှ မနှောင့်ယှက်ဘူး။
အလှပြင်ဆိုင်အနီးတွင် ဇိမ်ခံကားများ ရပ်တန့်နေသည်။
အလှပြင်ခြင်းနှင့် ဆံပင်အရောင်တင်ခြင်းအတွက် ဒေါ်လာထောင်ပေါင်းများစွာ
သုံးစွဲခဲ့သည်။
ဒါပေမယ့် လမ်းမှာထိုင်နေတဲ့ သူတောင်းစားအတွက် နှမြော့ဖို့ တစ်ပြားတစ်ချပ်မှ
မရှိပါဘူး။
ဒါက တကယ်ကို ထူးဆန်းတဲ့ တိရစ္ဆာန်ကမ္ဘာကြီးပါ။
အချိန်တိုင်း လူတွေဟာ အဓိပ္ပါယ်မဲ့တဲ့ အလုပ်တွေ လုပ်နေကြတယ်။
ဤလောကတွင် ရိုးသားမှုဖြင့် အသက်မွေးဝမ်းကျောင်းပြုရန် အလွန်ခက်ခဲသည်။
ဒါပေမယ့် သန့်နဲ့ချီတဲ့ ဒေါ်လာတွေဟာ လူတွေကို လိမ်လည်လှည့်ဖြားမှုကနေ လာတာပါ။
ပိုမိုကောင်းမွန်သောကမ္ဘာ၊ သမာဓိနှင့် ရိုးသားမှုအတွက်၊ စည်းကမ်းသည် ရိုးရှင်းပါသည်။

ငါ့လက်ဖဝါးပေါ်မှာ ကြာပန်း

အမေ့ရဲ့အချစ်

အမေ အမေ ချစ်သော အမေ
မေမေ၊ ချစ်သောမေမေ
ကောင်းကင်ဘုံမှာလည်း အမေနဲ့ တန်းတူမဟုတ်ဘူး။
အချစ်သည် မြစ်ကဲ့သို့ စီးဆင်းသည်။
မိခင်မေတ္တာထက် ဖြူစင်သောမေတ္တာမရှိပါ။
သားသမီးတွေရဲ့ အမှားတိုင်းကို ခွင့်လွှတ်တယ်။
ဖျားနာပြီး ပင်ပန်းနေရင်တောင် ဂရုစိုက်ပါ။
ဒုက္ခရောက်နေချိန်မှာ လူတိုင်းက သူ့လက်ထဲမှာ ငြင်းဆိုကြတယ်။
သူမ၏ အထိအတွေ့နှင့် အနမ်းများသည် အကောင်းဆုံး နာကျင်မှုကို
သက်သာစေသော ဆေးဖြစ်သည်။
မိခင်တစ်ဦးအား စိတ်ပိုင်းဆိုင်ရာနာကျင်မှုကို ဘယ်တော့မှ လျစ်လျူရှုခြင်း သို့မဟုတ်
မပေးပါနဲ့။
သူမသည် လူသားချင်းစာနာမှုနှင့် ညီအစ်ကိုအသင်းအပင်း၏ ဆက်စပ်မှုဖြစ်သည်။
အတိတ်၊ ပစ္စုပ္ပန်နှင့် အနာဂတ်သည် အမိဝမ်းမှ စီးဆင်းသည်။
အမေမရှိရင် အချိန်နဲ့ လူ့ယဉ်ကျေးမှုဟာ မိုးခြိမ်းသံကြီးနဲ့ ရပ်သွားလိမ့်မယ်။

မိုးတိမ်

A-apple, B-ball, C-climate သင်ပေးပါ။
ရာသီဥတုက အရမ်းမြန်တယ်။
မတ်လတွင် မိုးသည်းထန်စွာရွာသည်။
အချိန်အခါမဟုတ် မိုးရွာသွန်းမှုကြောင့် ပွဲတော်ကို ပျက်ပြားစေခဲ့သည်။
သဲကန္တာရမှာတောင် မိုးသည်းထန်စွာရွာလို့ ဒုက္ခရောက်တယ်။
ဒါပေမဲ့ ရာသီဥတုပြောင်းလဲမှုအတွက် လူတွေက အာရုံမစိုက်ဘူး။
တိမ်တိုက်တွေ မကြာခဏ ဖြစ်ပေါ်နေပါတယ်။
တောင်ကုန်းတွေနဲ့ အကြံအစည်တွေမှာ ဒုက္ခတွေ ယူဆောင်လာတယ်။
သဲကန္တာရများ၊ တောင်ကုန်းများနှင့် လွင်ပြင်များသည် ရာသီဥတုပြောင်းလဲမှုဒဏ်ကို ခံနိုင်ရည်မရှိပေ။
မုတ်သုံ၏ ဦးတည်ရာသည် အပြောင်းအလဲမြန်လာသည်။
မြေသြဇာကောင်းသော မြေများသည် ကြမ်းပြီး နာကျင်မှုကို ခံစားနေကြရသည်။
ရာသီဥတု ဖောက်ပြန်မှုကို ရပ်တန့်ရန် ယခု မျှော်မှန်းချက်သည် အဓိက ဖြစ်သင့်သည်။

အလွဲသုံးစားလုပ်ခြင်း။

အမိမြေ၌ သယံဇာတများ လျော့နည်းလာသည်။
သို့သော် homo sapiens ၏လူဦးရေသည်တိုးပွားလာသည်။
ရေကို အလွဲသုံးစားမလုပ်ပါနဲ့၊ စွမ်းအင်ကို အလွဲသုံးစားမလုပ်ပါနဲ့။
အဝတ်အစားတွေကို အလွဲသုံးစားမလုပ်ပါနဲ့၊ ပိုက်ဆံအလွဲသုံးစားမလုပ်ပါနဲ့။
ဘောပင်၊ ခဲတံ၊ စက္ကူနှင့် ပလပ်စတစ်များကို အလွဲသုံးစားမလုပ်ပါနဲ့
သကြား၊ ဆား နှင့် အစေ့တစ်စေ့ကိုပင် အလွဲသုံးစားမပြုပါနဲ့
အချိန်ကို အလွဲသုံးစားလုပ်ပြီး ရထားကို လက်လွတ်မခံပါနဲ့။
သန်းပေါင်းများစွာသောလူများသည် ဗိုက်ဗလာဖြင့် အိပ်နေကြဆဲဖြစ်သည်။
အလေအလွင့်နည်းအောင် တစ်နေ့လျှင် နှစ်ကြိမ် အစာစားနိုင်သည်။
ဘုရားသခင်အတွက်၊ အရာများကို အလွဲသုံးစားလုပ်ခြင်းကို လျှော့ချခြင်းသည်
စစ်မှန်သောဆုတောင်းချက်ဖြစ်သည်။

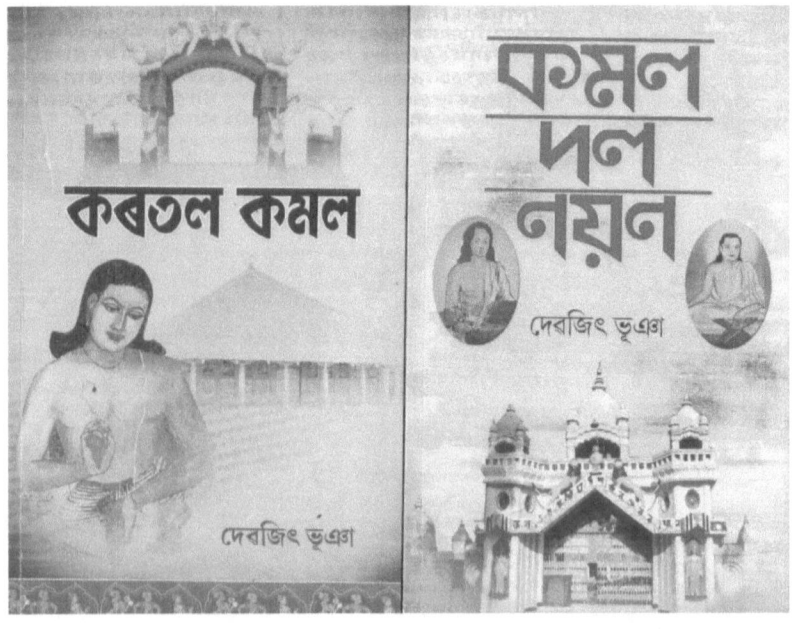

ရှေးရှေးတုန်းက

တစ်ချိန်က အာသံပြည်နယ်သည် အရင်းအမြစ်များ ပြည့်နှက်နေသည်။
မြို့ငယ်ရွာများတွင် နေထိုင်ရန် အကန့်အသတ်ရှိသည်။
အိမ်နောက်ဖေး ဥယျာဉ်များတွင် သစ်သီးများ ပေါများလှသည်။
မီးဖိုချောင် ဥယျာဉ်များတွင် အစိမ်းရောင် အရွက်များ အပြည့်ရှိသည်။
ရေကန်များသည် မတူညီသော ငါးနေငါးမျိုးစိတ်များဖြင့် ရှင်သန်နေပါသည်။
အနီးနားရှိ လူနေထူထပ်သော နိုင်ငံများမှ လူများ ရုတ်တရက် ပြောင်းရွှေ့လာကြသည်။
နွားစားကျက်မြေများကို အလကား သိမ်းပိုက်လာကြသည်။
ငါနေတိုင်းရင်းသားများနှင့် ရွှေ့ပြောင်းနေထိုင်သူများအကြား ပဋိပက္ခများ
စတင်ဖြစ်ပွားခဲ့သည်။
ရွှေ့ပြောင်းအခြေချသူများ Nelie အစုလိုက်အပြုံလိုက် သတ်ဖြတ်မှုနှင့်အတူ
မီးပွိုင့်ဖြစ်လာသည်။
နီလီသည် ငြိမ်းချမ်းသော အာသံသမိုင်းတွင် ကြောက်စရာအဖြစ် ရှိနေဆဲဖြစ်သည်။
နိုင်ငံရေးသည် Sankardeva ၏ အခြေခံသွန်သင်ချက်ကို ခံနိုင်ရည်အား
ပျက်ပြားစေခဲ့သည်။

တန်ဖိုးမဲ့အချစ်

အချစ်သည် တန်ဖိုးမရှိသော အရောင်းအဝယ်ဖြစ်လာသည်။
ပိုက်ဆံဖြုန်းဝေရင် လူတွေက မင်းကို ချစ်ခင်လေးစားကြလိမ့်မယ်။
ငွေကြေးဖြင့် ချစ်ခြင်းမေတ္တာများစွာနှင့် အပြုံးမျက်နှာများ ပေါများလာမည်။
ဒါပေမယ့် တဟုန်ထိုးတက်လာတာက မင်းရဲ့နေစဉ်နဲ့ ပွဲတော်ကုန်ကျစရိတ်တွေ ဖြစ်လိမ့်မယ်။
စေတနာမထားတော့ရင် အချစ်မြစ်ရေ ခမ်းခြောက်သွားလိမ့်မယ်။
ပေါင်းသင်းဆက်ဆံရေးအတွက် တစ်ယောက်တည်း ငိုရမှာပေါ့။
မင်းသူတို့အတွက် မင်းပေးခဲ့တဲ့ မင်းရဲ့ချစ်ခြင်းမေတ္တာနဲ့ ဂရုစိုက်မှုတွေကို ဘယ်သူမှ မှတ်မိမှာမဟုတ်ဘူး။
သူတို့အတွက် ရပ်လိုက်သည်နှင့် တစ်ပြိုင်နက် ရွှေဉကြက်မအဖြစ် ဆက်သွားခဲ့သည်။
ကမ္ဘာကို တစ်ယောက်တည်း ခရီးသွားပြီး မသိတဲ့လူတွေနဲ့ တွေ့တာက ပိုကောင်းပါတယ်။
တစ်ပြားတစ်ချပ်မှ မကုန်ဘဲ လူအချို့၏ နှလုံးသားကို သင် အနိုင်ယူနိုင်သည်။
ထိုမသိသော သူငယ်ချင်း၏ ချစ်ခြင်းမေတ္တာသည် ပျားရည်အဖြစ် တစ်သက်လုံး တည်ရှိနေခဲ့သည်။

အဟုမ်သည် အနှစ်ခြောက်ရာ အဆက်မပြတ် အုပ်စိုးခဲ့သည်။

အဟုန်တို့သည် မြန်မာနိုင်ငံမှ အာသံသို့ ရောက်ရှိလာပြီး ယခုအခါ မြန်မာဟု ခေါ်တွင်သည်။ ဘုရင်ငယ်တို့ကို အနိုင်ယူ၍ အဟုမ်နိုင်ငံကို တည်ထောင်ခဲ့သည်။ သူတို့သည် အာသံကို အနှောင့်အယှက်မရှိဘဲ နှစ်ပေါင်း ခြောက်ရာ အုပ်ချုပ်ခဲ့သည်။ ပိုကြီးတဲ့ အာသံ ဖြစ်အောင် တိုင်းရင်းသား အဖွဲ့ငယ်တွေ အားလုံး စည်းစည်းလုံးလုံးနဲ့ ထိုဒေသသည် စိုက်ပျိုးရေး၊ ကုန်သွယ်မှုနှင့် ဘုံဗိမာန်များ ဆောက်လုပ်ခြင်းဖြင့် ကြီးပွားတိုးတက်သည်။
အာသံ၏ ကြွယ်ဝမှုအကြောင်း သိသဖြင့် Moghuls သည် Assam ကို ဆယ့်ခုနှစ်ကြိမ် တိုက်ခိုက်ခဲ့သည်။
ဒါပေမယ့် Ahom Kingdom ကို မသိမ်းပိုက်နိုင်ဘဲ မွေးဖွားလာတဲ့ ဒဏ္ဍာရီလာ စစ်သည်တွေ နောက်ပိုင်းတွင် အဟုန်မင်းသားများ အချင်းချင်း ရန်ဖြစ်မှုများကြောင့် နိုင်ငံတော် ပြိုလဲသွားခဲ့သည်။
အာသံကို အချိန်တိုအတွင်း သိမ်းပိုက်ခဲ့သော ဗမာ့တပ်မတော်ကို အင်္ဂလိပ်တို့က အလွယ်တကူ အနိုင်ယူခဲ့သည်။
အဟုမ်နိုင်ငံတော်၏ သမိုင်းနှင့် ဘုန်းတော်သည် ထာဝရ ငြိမ်းသွားခဲ့သည်။

ငါ့လက်ဖဝါးပေါ်မှာ ကြာပန်း

ငါအောင်မြင်မည်။

အထီးကျန်ကျွန်းမှာ ငါက တစ်ကိုယ်ကောင်းဆန်တဲ့လူမဟုတ်ဘူး။
လူတွေနဲ့ လူ့အဖွဲ့အစည်းမရှိရင် ငါ့မှာ ရပ်တည်မှုမရှိဘူး။
ထို့ကြောင့် ကျွန်ုပ်သည် အမြဲတမ်း တက်ကြွနေပြီး ဘယ်တော့မှ အငြိမ်မနေပါ။
လူတွေရဲ့ခွန်အားနဲ့ ငါဟာ မကြောက်ဘူး။
တောင်တွေကို ချိုးပြီး မြစ်အသစ်တူးနိုင်တယ်။
လူတွေနဲ့ လင်းယုန်ငှက်လို လေထဲမှာ ပျံသန်းနိုင်တယ်။
ကောင်းကင်မှာ လပြည့်ညလို တောက်ပနေနိုင်တယ်။
ထို့ကြောင့် ကျွန်ုပ်သည် ကျွန်ုပ်၏လူမျိုးအပေါ် သစ္စာစောင့်သိပါသည်။
ကျွန်တော်ဟာ ရိုးရှင်းတဲ့ လူ့အသိုက်အဝန်းဘဝတစ်ခုကို အမြဲဦးဆောင်နေပါတယ်။
အသင်းအဖွဲ့နှင့် ပူးပေါင်းလုပ်ဆောင်ခြင်းသည်
ကျွန်ုပ်၏တိုးတက်မှုလမ်းကြောင်းဖြစ်သည်။
အဲဒါကြောင့် ကျွန်တော်နဲ့ အဖွဲ့ရဲ့အောင်မြင်မှုကို ကျွန်တော် ယုံကြည်တယ်။

မီးလောင်နေသော ပန်းပင်

ကဒမ်(ပန်းလောင်)သစ်ပင်ထက်တွင် လင်းယုန်သည် အသိုက်လုပ်သည်။
ဆင်သည် ခက်ခက်ခဲခဲ ကစားပြီး အနားယူသည်။
ဆင်မကြီးသည် အနီးနားရှိ ငှက်ပျောပင်ကို ရှာဖွေနေသည်။
သူ့သားကလေးက လွတ်လွတ်လပ်လပ် ပြေးလွှားနေတဲ့ ငှက်ပျောပင်လေးတွေကို ပျော်စေချင်တယ်။
Simalu (bombax-ceiba) မှ ပျံဝဲလာသော ဂွမ်းစလေးများ ထွက်လာသည်။
ခြေသလုံးက အတူတူဖမ်းဖို့ ခုန်ပြီး နောက်ကနေ ပြေးပါတော့တယ်။
ဒရမ်ရိုက်သံကြားတော့ အမေက သတိကြီးလာသည်။
တောတွင်းသို့ ခက်ခက်ခဲခဲ သွားလာ၍ ဆင်သီးကို နှစ်သက်သည်။
ထိုနေရာ၌ပင် လွင့်ပျံနေသော ချည်ဖြူ/ရောင်ဖြင့် သူတို့ကို နှုတ်ဆက်သည်။
ဤအချိန်သည် သဘာဝတရားသည် သတ္တဝါအားလုံးနှင့် ပျော်မွေ့နေချိန်ဖြစ်သည်။

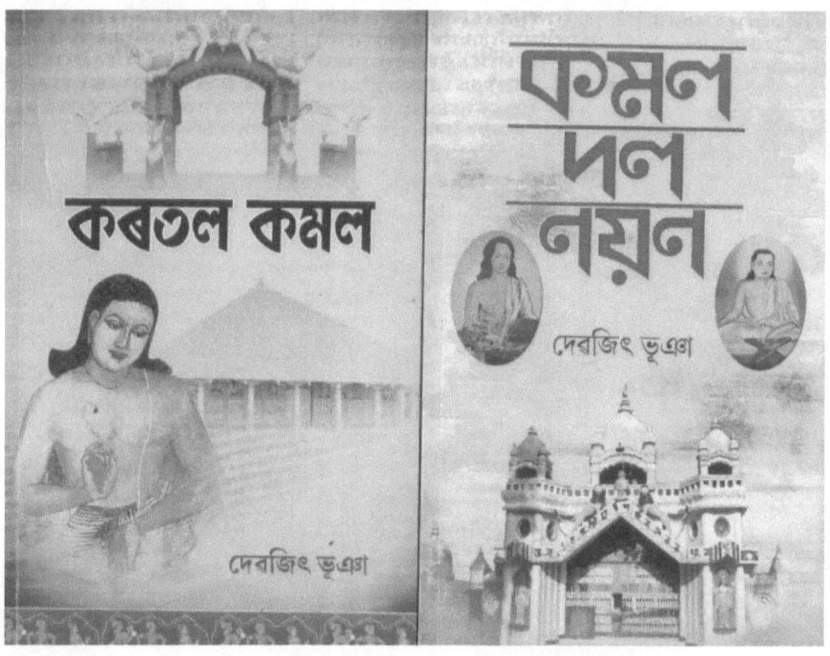

အာရပ်လူမျိုးများ

အာရေဗျသမုဒ္ဒရာသည် ကြီးမားကျယ်ပြန့်သည်။
ဒါပေမယ့် စိတ်ကျဉ်းမြောင်းတဲ့သူတွေက အမြဲတမ်း ရန်ဖြစ်တတ်ကြတယ်။
အာရပ်နိုင်ငံတွေက တစ်နှစ်ပတ်လုံး ပူတယ်။
ဒါက အာရပ်ပြည်သူတွေ အမြဲတမ်း တိုက်ခိုက်ရတဲ့ အကြောင်းရင်းတစ်ခုလည်း ဖြစ်နိုင်ပါတယ်။
Hazarat သည် ဒေသတွင်း ငြိမ်းချမ်းရေး ယူဆောင်လာရန် ဘာသာအသစ်ကို မိတ်ဆက်ပေးခဲ့သည်။
အစကတော့ သူ့ကို နိုင်ငံတော်ပုန်ကန်မှုလို့ ယူဆတဲ့လူတွေက တွန်းအားပေးခဲ့တယ်။
နောက်ပိုင်းတွင် မုဟမ္မဒ်သာသနာသည် လျှင်မြန်စွာ ကြီးထွားလာခဲ့သည်။
အာရပ်၌ ငြိမ်းချမ်းရေးသည် ထာဝရ ပျောက်ကွယ်သွားရခြင်း ဖြစ်သည်။
အဖြေရှာမရဘဲ ဒေသတွင်းမှာ စစ်ပွဲတွေ ဆက်လက်ဖြစ်ပွားနေဆဲပါ။
အာရပ်လူမျိုးများသည် အမျိုးသမီးများလွတ်မြောက်ရေးနှင့်အတူ ခေတ်မီတွေးခေါ်မှု လိုအပ်ပါသည်။

တောတွင်း

တောတောင်နှင့် သစ်တောများကို တိရစ္ဆာန်များက ထိန်းချုပ်ထားသင့်သည်။ Homo sapiens ဟုခေါ်သော အသိဉာဏ်ဖြင့် မဟုတ်ပါ။
ဤကမ္ဘာကြီးသည် မျိုးစိတ်တစ်ခုတည်းနှင့် မသက်ဆိုင်ပါ။
သတ္တဝါတိုင်းသည် ဤကမ္ဘာမြေတွင် အသက်ရှင်နေထိုင်ခွင့်ရှိသည်။
ကျွန်ုပ်တို့သည် အသိဉာဏ်ရှိနိုင်သော်လည်း ကျွန်ုပ်တို့သည် ကမ္ဘာဂြိုဟ်ကို ဖျက်ဆီးပိုင်ခွင့်မရှိပါ။
ဂေဟဗေဒ ဟန်ချက်ညီမှု သည် လူသားများ အသက်ရှင် ရပ်တည်ရေးအတွက်လည်း လိုအပ်သည်။
တောတောင်တွေထဲမှာ တိရိစ္ဆာန်တွေရဲ့ စာချွန်တော်တွေဟာ သဘာဝပတ်ဝန်းကျင်ကို တည်တံ့စေနိုင်ပါတယ်။

Khaddar (ကာဒီအထည်)

လက်လုပ် khadi အထည်ကိုအားပေးပါ။
အရေပြားနှင့် အိန္ဒိယစီးပွားရေးအတွက် ကောင်းမွန်သည်။
တစ်ချိန်က ခါဒီကို လျစ်လျူရှုခံခဲ့ရတဲ့ မြို့တွေမှာ
ဒါပေမယ့် အခုတော့ လူတွေက သူ့တန်ဖိုးကို သိလာပြီ။
ဂန္ဓီသည် ခဒီကို ချာကာ (လှည့်ဘီး) ဖြင့် ဖြန့်သည်။
Khadi သည် အိန္ဒိယကျေးလက်ဒေသစီးပွားရေးကို တိုးတက်အောင် ကူညီပေးခဲ့သည်။
ကျေးလက်နေပြည်သူ ထောင်ပေါင်းများစွာသည် ငွေကြေးစီးဆင်းမှု ရှိခဲ့သည်။
Khadi က ရွာက အမျိုးသမီးတွေကို အာဏာအပ်နှင်းတယ်။
သို့သော် ချည်စက်များနှင့် polyester သည် Khadi ကို ကြီးမားသော
ထိုးနှက်ချက်ပေးသည်။
ယခုအခါ Khadi သည် တဖြည်းဖြည်း လူကြိုက်များလာသည်။
လွတ်လပ်ရေးသမိုင်းမှာ ခါဒီကို အမြဲအမှတ်ရနေမှာပါ။

အာသံအမွှေးနံ့သာ (သစ်ခွာဆီ)

အာသံ၏ရေမွှေးသည် အာရပ်ကမ္ဘာတွင် အလွန်ရေပန်းစားသည်။

ကမ္ဘာပေါ် ရှိ မည်သည့်နေရာတွင်မှ ဤကျောက်ကပ်မျိုးစုံကို ထုတ်လုပ်ထားခြင်းမရှိပါ။

Ajmal သည် အာရေဗျ၊ ဥရောပနှင့် အမေရိကတို့တွင် တံဆိပ်ခတ်ခဲ့သည်။

ယခုအခါ ဘင်္ဂလားဒေ့ရှ်နှင့် ဩစတြေးလျတို့တွင်လည်း ရေပန်းစားနေပြီဖြစ်သည်။

အာသံတောထဲမှာ သစ်မွှေးပင်တွေ ပေါက်တယ်။

အင်းဆက်ပိုးမွှားများ ပေါက်ဖွားလာသဖြင့် ကျောက်ကပ်ဆီ စီးဆင်းသွားပါသည်။

Agar ၏ရနံ့သည် မူဆလင်တို့ကြားတွင် ထူးထူးခြားခြား ရေပန်းစားသည်။

ရင်းအနီးရှိ ရေမွှေးအတုအားလုံးသည် တိုတိုနှင့် ပါးလွှာသည်။

ရေဘေး

အို မင်းရဲ့မြစ်ကြီး၊ မင်းရဲ့တိမ်တဲ့မြစ်
ရေဘေးကြောင့် ဒုက္ခရောက်အောင် မလုပ်ပါနဲ့။
သီးနှံများကို မဖျက်ဆီးပါနှင့် မြေဩဇာကောင်းသောမြေကို မပျက်စီးစေနှင့်
မင်းရဲ့လုပ်ရပ်ကြောင့် ဆင်းရဲသားတွေ အများဆုံး ခံစားခဲ့ရတာ
မိုးသည်းထန်စွာရွာနေချိန်တွင် မည်သည့်လမ်းကြောင်းကိုမဆို စီးဆင်းစေပါသည်။
ရေကြီးရေလျှံမှုကြောင့် ယဉ်ကျေးမှုများစွာ ပျက်စီးခဲ့ရသည်။
မြစ်များသည် လူ့ယဉ်ကျေးမှု၏ အသက်သွေးကြောဖြစ်သော်လည်း၊
အခုအချိန်အထိ ဆည်တွေက ဖြေရှင်းချက်မပေးနိုင်သေးဘူး။
ဆည်ကျိုးမှုကြောင့် သဘာဝဘေးအန္တရာယ် အနည်းငယ် ဖြစ်ပွားခဲ့သည်။
အို မင်းရဲ့ စီးဆင်းမှုဟာ တဖြည်းဖြည်းနဲ့ အေးဆေးတည်ငြိမ်သွားပြီ။

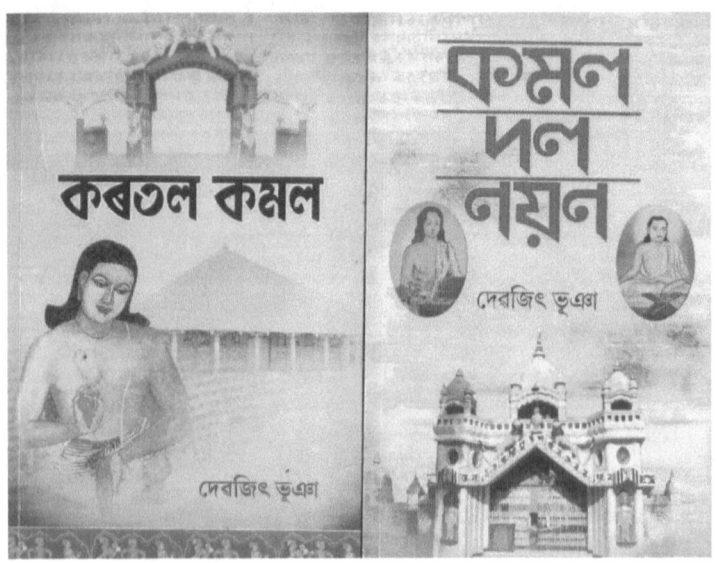

အလုပ်၏ အသီးအနှံ (အလုပ်)၊

လူတိုင်းသည် မိမိတို့၏အလုပ်၊ မကောင်းမှု သို့မဟုတ် ကောင်းမှု၏ အသီးအပွင့်များကို ခံစားရမည်ဖြစ်သည်။

နယူတန်၏ တတိယနိယာမသည် ကမ္ဘာလုံးဆိုင်ရာဖြစ်ပြီး ရှောင်လွှဲ၍မရပါ။

ကောင်းသော အကျင့်နှင့် ကောင်းသော အကျင့်သည် ကောင်းသော အကျိုးကို ပေး၏။

မကောင်းသော အကျင့်နှင့် လုပ်ဆောင်ချက်များသည် သင့်ကို ဒုက္ခရောက်စေပါသည်။

အကုသိုလ်၏ အကျိုးကို မည်သူမျှ မခုခံနိုင်

ကောင်းသော အကျင့်ကို ကျင့်၍ ကောင်းသော အကျင့်သည် သာကာဒေဝ တရားဓမ္မ ဖြစ်၏။

လူ၊ လူအဖွဲ့အစည်းနဲ့ တိရိစ္ဆာန်နိုင်ငံကို ကျေးဇူးပြုတယ်။

သေခါနီးကာလမှာ ငြိမ်းအေးမှု အေးချမ်းမှုကို လေးစားမှု တွေ့ရလိမ့်မယ်။

မနာလိုမှု

တခြားသူတွေရဲ့ အောင်မြင်မှုကို မြင်ချင်ရင် မနာလိုမဖြစ်ပါနဲ့။
ပိုကောင်းလာမယ် မဟုတ်ရင် ဘဝက ယုတ်မာလိမ့်မယ်။
မနာလိုဖြစ်ရင် ဘယ်တော့မှ နာမည်ကြီးမှာမဟုတ်ဘူး။
သူများတွေကို အမြဲဝေဖန်တာက မင်းဘဝကို ညံ့ပတ်စေတယ်။
မနာလိုစိတ်ဖြင့် ပူလောင်နေမည့်အစား ကြီးမားသောအလုပ်၊
မနာလိုမှုနှင့် အတ္တသည် သင်၏ မကောင်းသော အဖော်ဖြစ်သည်။
သူတို့က မင်းကို ချန်ပီယံဖြစ်ဖို့ ဘယ်တော့မှ ခွင့်ပြုမှာမဟုတ်ဘူး။
ယင်းအစား ငင်းတို့သည် သင်မိတ်ဆွေကောင်း၏ အမြင်ကို ပျက်ပြားစေလိမ့်မည်။
ဘဝအောင်မြင်ရေး အတွက် ဒေါသ၊အတ္တ သည် ကောင်းသော အဖြေဖြစ်သည်
မကောင်းတဲ့အဖော်ကို စွန့်လွှတ်လိုက်ပါ။ ဦးနှောက်က ဖန်တီးမှုပုံစံကို စတင်ပါလိမ့်မယ်။

အားလုံးပုံမှန်အတိုင်းသွားမယ်။

ငါ အသက်ရှင်နေသေးသည်ဖြစ်စေ နောက်နှစ်တွင် မနေနိုင်
ကမ္ဘာသည် ငုံ၏ လည်ပတ်မှုနှင့် တော်လှန်ရေးကို လုပ်ဆောင်လိမ့်မည်။
လေထုညစ်ညမ်းမှုနှင့်အတူ ရာသီများသည် ပုံမှန်အတိုင်း
ပြောင်းလဲသွားမည်ဖြစ်သည်။
ထာဝရဖြစ်ရှင်းချက်တစ်ခုမှ ရှိမည်မဟုတ်ပေ။
သို့သော်လည်း ဘာမှမနောက်ယှက်ဘဲ ပုံမှန်အတိုင်းသွားလိမ့်မည်။
ကြေကွဲနေတဲ့ ငါ့နှလုံးသားက သေတဲ့အထိ မပူးပေါင်းနိုင်တော့ဘူး။
သို့သော် ကြေကွဲသောနှလုံးသားဖြင့် လူတို့သည် မျှော်လင့်ချက်နှင့် ယုံကြည်ခြင်းကို
စောင့်ထိန်းကြလိမ့်မည်။
ဘဝရဲ့နာကျင်မှုကို ခံနိုင်ရည်ရှိလို့ တချို့က နှုတ်ဆက်ကြလိမ့်မယ်။
ထပ်ခါတလဲလဲ အဆင်မပြေမှုတွေ ကြုံလာရရင်တောင် တချို့က နောက်တစ်ကြိမ်
ကြိုးစားကြလိမ့်မယ်။
မည်သို့ပင်ဆိုစေကာမူ ကမ္ဘာဂြိုဟ်သည် ဆက်လက်ရွှေ့လျားနေလိမ့်မည်။
ကျွန်ုပ်တို့၏ စကြဝဠာ၏ မူလအစအကြောင်း သီအိုရီအသစ်များ
ထွက်ပေါ်လာမည်ဖြစ်သည်။
သိပ္ပံပညာရှင်များနှင့် ဒဿနပညာရှင်များ၏ အမြင်များသည် ကွဲပြားလိမ့်မည်။
သို့သော်လည်း စကြဝဠာကြီး ချဲ့ထွင်မှုသည် ရပ်တန့်ခြင်း သို့မဟုတ်
ပြောင်းပြန်မဖြစ်နိုင်ပါ။
ရူပဗေဒ၏ အခြေခံနိယာမများကို သဘာဝတရားက
ထိန်းသိမ်းစောင့်ရှောက်မည်ဖြစ်သည်။
တစ်နှစ်သည် ကမ္ဘာကြီးအတွက် အရေးမပါသော်လည်း ကျွန်ုပ်တို့၏မှတ်ဉာဏ်ကို
ထိန်းသိမ်းနိုင်မည်ဖြစ်သည်။
အချိန်၊ အတိတ်၊ ပစ္စုပ္ပန်နဲ့ အနာဂတ်ရဲ့ ပိုင်ဆိုင်မှုတွေဟာ
နောက်ကြောင်းပြန်မသွားပါဘူး။

ဘဝသည် အလှာများနှင့် အလှာများကဲ့သို့ လာလိမ့်မည်။
ကြီးမားတဲ့ အဖြစ်အပျက်တွေရဲ့ သမိုင်းကြောင်းတောင် အချိန်အကန့်အသတ်နဲ့ ရှင်သန်နေလိမ့်မယ်။
ဒါဟာ သဘာဝတရားနဲ့ ဖန်တီးမှုရဲ့ အလှတရားမို့ မျှတပြီး ကောင်းမွန်ပါတယ်။
နှစ်ကျိပ်နှစ်ဆယ့်သုံးပါးအား ရှင်လန်းသောစပျစ်ရည်ဖြင့် နှုတ်ဆက်လော့။

လိပ်

တစ်ချိန်က နေးနေးနဲ့ တည်ငြိမ်တဲ့ ပြိုင်ပွဲကို အနိုင်ရခဲ့တယ်။

လျင်မြန်စွာ လှုပ်ရှားနေသော ယုန်သည် အနားယူရန် ဆုံးဖြတ်လိုက်သောကြောင့် ဖြစ်သည်။

သို့သော် သစ်တောပြုန်းတီးမှုကြောင့် ယခုအခါ ပြောင်းလဲလာပါသည်။

လိပ်နှင့် ယုန်နှစ်ကောင်စလုံးသည် ယခုအခါ အဆိုပြုချက် ဆုံးရှုံးသွားကြသည်။

လိပ်က သူရဲ့မာကျောတဲ့အကာကိုသုံးပြီး ဉာဏ်ကောင်းတဲ့မြေခွေးကို လှည့်စားနိုင်ပါတယ်။

ဒါပေမယ့် လိပ်တွေက ရှင်သန်ပြီး စိုက်ပျိုးရေးနယ်ပယ်မှာ လှည့်စားလို့မရပါဘူး။

လိပ်က ပါးစပ်ကို ပိတ်ထားသင့်တဲ့အချိန်

ထိုင်ခုံခါးပတ် သို့မဟုတ် လေထီးမပါဘဲ ကောင်းကင်တွင် ပျံသန်းခြင်းသည် မမှန်ပါ။

ကြိုးကြာနှင့် လိပ်တို့သည် နားရွက်တွင် ချည်ကို မသုံးကြပါ။

ဆူညံသံများနှင့် ပျော်ရွှင်မှုများကို တုံ့ပြန်ခြင်းသည် ဒေါသ သို့မဟုတ် မျက်ရည်များကို အမြဲဆောင်သည်။

ကျီးကန်းနှင့် မြေခွေး

မြေခွေးသည် ကျီးကန်းကို လှည့်စားပြီး အသားတစ်ပိုင်းကို နှစ်သက်သည်။

ကျီးကန်းသည် ကြက်မကို မြေခွေးပါးစပ်မှ လွှတ်ပေးခြင်းဖြင့် လက်စားချေသည်။

ကျီးကန်းသည် သောက်ရေအိုးထဲမှ ကျောက်စရစ်ခဲများကို ချထားသည်ကို မြင်သည်။

မြေခွေးသည် စပျစ်သီးကို အကြိမ်ပေါင်းများစွာ ခုန်ပေါက်စားရန် ကြိုးစားခဲ့သော်လည်း မအောင်မြင်ခဲ့ပေ။

ကျီးကန်းသည် ကျရှုံးမှုကို လျောင်ပြောင် စော်ကားသည့် ဟန်ဖြင့် ရယ်မောခဲ့သည်။

လင်းယုန်သည် သိုးတစ်ကောင်ကို ချီနိုင်လျှင် ကျီးကန်းသည် အဘယ်ကြောင့် ကျွန်ုပ်ကို မစဉ်းစားသနည်း။

သူမသည် သိုးမွှေးပေါ်တွင် တွယ်ကပ်နေပြီး မြေခွေးအတွက် ပျော်ရွှင်မှုကို ယူဆောင်လာခဲ့သည်။

မြေခွေးသည် ဝါးပင်အထက်တွင် ရေလွှမ်းမိုးခြင်းအတွက် ဘုရားသခင်ထံ ဆုတောင်းခဲ့သည်။

ကောင်းကင်မှာ လွတ်လွတ်လပ်လပ် ပျံသန်းပြီးနောက် ကျီးကန်းထိုင်မယ့်နေရာ ဘုရားသခင်သည် မိုးသွန်းလောင်းပြီး မိုးရွာသဖြင့် မြေခွေးကို ရေလွှမ်းမိုးသောရေပေါ်တွင် မျှောခိုင်းစေခဲ့သည်။

မြေခွေးက အမှားကို နားလည်ပြီး ရာသီဥတု သာယာဖို့ ဆုတောင်းတယ်။

အိမ်နီးနားချင်းတွေက ဉာဏ်ကောင်းပြီး အောင်မြင်ရင် မနာလိုမဖြစ်ပါနဲ့။

အရည်အချင်းမရှိရင် ပြင်ဖို့ကြိုးစားရင် အခြေအနေက ယုတ်မာလိမ့်မယ်။

သင်၏ကိုယ်ပိုင်ဖြေရှင်းချက်ကိုရှာပါ။

အနှစ်နှစ်ရာ အသက်ရှင်ချင်ပါသလား။
လိပ် သို့မဟုတ် အပြာရောင် ဝေလငါးဖြစ် ပြီး ပျော်မွေ့ပါ။
ကောင်းကင်ပြာပြာမှာ အမြင့် ပျံသန်းချင်သလား။
လင်းယုန်တစ်ကောင်ဖြစ်ဖို့ သင်ကြိုးစားနိုင်ပါတယ်။
ကျန်းမာရေးကောင်းဖို့ အမြန်ပြေးချင်ပါသလား။
ကျားသစ်တစ်ကောင်ဖြစ် ပြီး သင်အားလုံးထက် သာလွန်ပါလိမ့်မယ်။
အရပ်ရှည်ပြီး အဝေးကို လှမ်းကြည့်ချင်သလား။
သစ်ကုလားအုတ်တစ်ကောင်ဖြစ်ကာ စကားပြောသစ်ပင်မှ အရွက်များကို စားပါ။
ထိန်းချုပ်မှုကင်းတဲ့ ဘဝကို ဖြတ်သန်းချင်ပါသလား။
လူမွေးနိုင်သော မြင်းကျားဖြစ်ပါစေ။
သူများတွေ ရန်ဖြစ် ဟောင်ချင်တာလား။
rottweiler ခွေးဖြစ် ပြီး အခြားသူများကို ကိုက်ပါ။
နေ့ရောညပါ အိပ်ချင်နေပြီလား?
Koala တစ်ကောင်ဖြစ်ရုံနဲ့ အလုပ်နဲ့ ရန်ဖြစ်စရာ မလိုပါဘူး။
အစားအသောက်တွေ များများစားချင်နေပြီလား?
မင်း ဆင်တစ်ကောင်ဖြစ်ဖို့က ကောင်းတယ်။
Passport နဲ့ Visa မပါဘဲ ခရီးသွားချင်ပါသလား။
Siberian ကြိုးကြာငှက်ဖြစ်ခြင်းသည် အကောင်းဆုံးရွေးချယ်မှုဖြစ်သည်။
ဒါပေမယ့် သင်ဟာ ဉာဏ်ရည်ဉာဏ်သွေးရှိတဲ့ လူသားတစ်ယောက်ပါ။
သင်လိုချင်တဲ့အရာကို ဦးစားပေးပါ၊ သင့်ကိုယ်ပိုင်အဖြေကို သင်ရှာပါ။

မင်းကိုဘယ်သူမှ ဆွဲထုတ်မှာမဟုတ်ဘူး။

ပြုတ်ကျတဲ့အခါ သင့်ကို ကူညီမယ့်သူ မရှိပါဘူး။

သရဖူကိုရဖို့ လူတိုင်း ပြေးနေကြတယ်။

ရှူးသွပ်သောအပြေးအလွှားတွင် သင်သည် ကြေမွသွားနိုင်သည်။

မင်းရဲ့သေကောင်ဟာ ခြေလျင်ကျော်ဖြစ်သွားနိုင်တယ်။

ရွှေလျှာနေသော ဤကမ္ဘာကြီးတွင် သင်တစ်ယောက်တည်း ရှိနေသည်ကို အမြဲသတိရပါ။

မင်းမျက်ရည်တွေကို သုတ်ပြီး ပရုတ်ဆီထည့်ဖို့ ဘယ်သူမှ လာမှာမဟုတ်ဘူး။

တစ်ယောက်တည်း မတ်တတ်ရပ်ပြီး တည်ငြိမ်အောင်နေရမယ်။

အဆုံးမှာတော့ လူတိုင်းဟာ တစ်နေရာတည်းကို ရောက်ရှိသွားပါလိမ့်မယ်။

နာကျင်ခြင်း၊ ကြည်နူးမှုတွေ၊ မျက်ရည်တွေ က အရာအားလုံး လွင့်စင်သွားလိမ့်မယ်။

ဒါဆို ကြွက်ပြိုင်ပွဲမှာ ဘာကြောင့် ပြုတ်ကျမှာကို ကြောက်တာလဲ။

အဆုံးတွင် ကျရှုံးခြင်း သို့မဟုတ် အောင်မြင်မှုကို သင်သိသောအခါတွင် ထည့်သွင်းမတွက်ပါ။

ဆုံးရှုံးရန် သို့မဟုတ် အမြတ်မရှိသကဲ့သို့ ဖြည်းဖြည်းနှင့် တည်ငြိမ်အောင် ရွှေ့ပါ။

ဒီလိုနည်းနဲ့ ခရီးလမ်းမှာ စိတ်ဖိစီးမှုနဲ့ နာကျင်မှုတွေကို ရှောင်ရှားနိုင်ပါတယ်။

မနာလို၊ မနာလို၊ မနာလိုစိတ်

သူသည် ဘုရားသခင်၏ကောင်းချီးများအတွက် နှစ်ပေါင်းများစွာ ဆုတောင်းခဲ့သည်။

နောက်ဆုံးတွင် ဘုရားသခင်ပေါ်လာပြီး 'မင်းငါ့ကလေးကို ဘာလိုချင်လဲ' ဟုမေးခဲ့သည်။

'ငါ လိုချင်တာ လိုချင်တာ ချက်ခြင်း ရမှာပါ'

'ဒါပေမဲ့ မင်းဘာလို့ ဒီလိုကောင်းချီးတွေလိုတာလဲ။ ဘုရားသခင်ကိုမေးတယ်။

'စိတ်ချမ်းသာ ကိုယ်ချမ်းသာ လိုရာဆန္ဒ ပြည့်ဝကြပါစေ'

ဤကောင်းချီးကို သင့်အား လုံးလုံးလျားလျား မဟုတ်ဘဲ ဘုရားသခင်က ဖြေကြားပေးသည် အခြေအနေတွင်သာ ကျွန်ုပ်ပေးနိုင်ပါသည်။

'အခြေအနေအားလုံး ငါ့အတွက် လက်ခံနိုင်ပါစေ'။ ငါ့ဆန္ဒအတိုင်း ဖြည့်ဆည်းပေးလိုက်ပါ။

'မင်းဆန္ဒအတိုင်း ရလိမ့်မယ်၊ ဒါပေမယ့် မင်းအိမ်နီးချင်းက နှစ်ဆရလိမ့်မယ်' ဒါပေမယ့် တခြားသူတွေကို ဒုက္ခပေးဖို့ ကြိုးစားရင် အရာအားလုံး ပျောက်ကွယ်သွားလိမ့်မယ်လို့ ဘုရားသခင် သတိပေးခဲ့တယ်။

ငါ့အား နှစ်သက်ဖွယ်ကောင်းသော လူက ဘုရားသခင်က 'အာမင်(তথাস্তু)' လို့ ပြောပြီး ပျောက်ကွယ်သွားတယ်။

'ငါ့ကို လှပတဲ့ နှစ်ထပ်တိုက်လေး ဆောက်ပါရစေ' လို့ အဲဒီလူက တောင်းလိုက်တယ်။ ချက်ချင်းဆိုသလိုပဲ လေးထပ်တိုက်က သူ့အိမ်နီးနားချင်းကို လိုက်သွားတယ်။ ငါ့အိမ်မှာ လှပတဲ့ ကားဆယ်စီး ရှိသင့်တယ်။

သူ့အိမ်နီးနားချင်းဆီကို လှပတဲ့ကားအစီးနှစ်ဆယ်နဲ့ ချက်ချင်းဖြစ်သွားတာ။ ငါ့အိမ်နောက်ဖေးမှာ ရေကူးကန်ရှိရမယ်။

ချက်ချင်းဆိုသလိုပဲ အိမ်နီးချင်းက ရေကူးကန်နှစ်ကန်နဲ့ ဖြစ်သွားတာ။

တစ်ပတ်အတွင်းမှာပဲ အမျိုးသားက သူ့အိမ်နီးနားချင်းကို မနာလိုဖြစ်သွားတယ်။

များမကြာမီပင် သူသည် အိမ်နီးချင်း၏ စည်းစိမ်ဥစ္စာကို ကြည့်ရင်း ဒေါသထွက်လာသည်။

အိမ်နီးနားချင်းကို ဘယ်လိုအနိုင်ယူရမလဲ တွေးရင်းနဲ့ အဲဒီလူက ရှုးသွပ်ရှုးသွပ်သွားတယ်။

အိမ်နီးနားချင်းရဲ့အိမ်ကို ကြည့်လိုက်တော့ အရမ်းဝမ်းနည်းသွားတယ်။

အိမ်နီးနားချင်းက သူ့ရေကူးကန်နှစ်ကန်အနီးမှာ ပျော်ရွှင်စွာ လမ်းလျှောက်နေတယ်။

သူ့အိမ်နီးနားချင်း ပျော်နေတာကို မြင်လိုက်ရတော့ အဖြေက ရုတ်တရက် ပေါ်လာတယ်။

"ငါ့မျက်လုံးတစ်ဖက် ပျက်စီးပါစေ" ယောက်ျားက သူ့အိမ်နီးနားချင်းကို လှမ်းကြည့်ချင်သည်။

ချက်ချင်းပင် အိမ်နီးချင်းသည် မျက်စိကွယ်ကာ ရေကူးကန်ထဲ လဲကျသွားသည်။

အိမ်နီးနားချင်းက ရေကူးလို့ မသိလို့ သေဆုံးသွားတာ။

လူက၊ အို ဘုရားသခင်သည် သင်၏ကောင်းကြီးမင်္ဂလာကို ပြန်ယူတော်မူပါ။

သေဆုံးခြင်းနှင့် မသေနိုင်

မင်းသေချင်ရင် မင်းမသေနိုင်လို့ သေမှာမဟုတ်ဘူး။

ထာဝစဉ်အသက်ရှင်လိုပါက သေရလိမ့်မည်။

ဘဝ၏အခြေခံဗီဇသည် အသက်ရှင်ပြီး ထာဝစဉ်အသက်ရှင်ရန်ဖြစ်သည်။

ဒါပေမယ့် သဘာဝတရားက ဆန့်ကျင်ဘက်ဖြစ်ပြီး အထိုက်အလျောက်တော့ သေရမှာပဲ။

ဆန့်ကျင်ဘက် အင်အားစု နှစ်ခုဖြစ်တဲ့ အသက် နဲ့ သေခြင်း ဟာ အမြဲတစေ အလုပ်ဖြစ်နေပါတယ်။

ထို့ကြောင့် မျိုးစိတ်များ၏ ဆင့်ကဲဖြစ်စဉ်သည် ရပ်တန့်လျှက် မရှိပါ။

အချို့က နာရီအနည်းငယ်ကြာအောင် အသက်ရှင်လိမ့်မည်၊ အချို့သောသူတို့သည် အနှစ်ငါးရာ အသက်ရှင်လိမ့်မည်။

သို့သော် သဘာဝတရားက အထူးကုသခြင်း သို့မဟုတ် မျက်ရည်ကျခြင်း မရှိခဲ့ပါ။

သင် အသက်ရှင်နေသမျှ ကာလပတ်လုံး၊ တင်းကျပ်သော mortis မစတင်ပါ။

သင်သည် သေတတ်သောလူမဟုတ်။

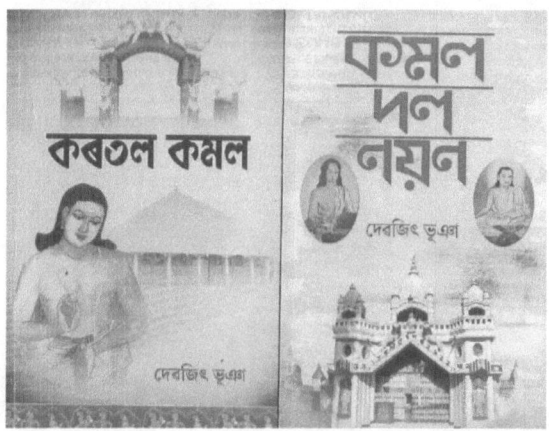

ရည်ရွယ်ချက်တော့ မသိဘူး။

အမျိုးအနွယ်ကို မွေးထုတ်ဖို့ ရည်ရွယ်ချက် ရှိတယ်။

ဒါမှမဟုတ် ဘဝရဲ့ရည်ရွယ်ချက် မျိုးရိုးဗီဇကုဒ်ကို ကာကွယ်ဖို့လား။

အစားအသောက်ကောင်းကောင်းစားပြီး ကောင်းကောင်းအိပ်ပျော်ဖို့ ဘဝရဲ့ရည်ရွယ်ချက်ပါ။

ဒါမှမဟုတ် မျိုးဆက်သစ်တွေအတွက် ဇာတ်လမ်းဖန်တီးဖို့ ရည်ရွယ်ချက်နဲ့ ဖန်တီးနေတာလား။

ဘဝ၏ ရည်ရွယ်ချက်မှာ ငွေကြေးနှင့် စည်းစိမ်ဥစ္စာများကို စုဆောင်းရန်ဖြစ်သည်။

ကောင်းကင် သို့မဟုတ် ငရဲသို့သွားသည့်အခါ့တွင် အရာအားလုံးကို ထားခဲ့ပါ။

ဘဝရဲ့ရည်ရွယ်ချက်က ငြိမ်ချမ်းပျော်ရွှင်မှုကို လိုက်ရှာနေတာလား။

ဒါဆို ဘဝမှာ ဘဲ့ကြောင့်များ လုပ်ငန်းဆောင်တာများ ဒီလောက်များရတာလဲ။

နာကျင်မှုကို လျော့ပါးစေပြီး သက်တောင့်သက်သာဖြစ်စေရန် ဘဝ၏ရည်ရွယ်ချက်ဖြစ်သည်။

ထို့နောက် သတိမေ့မြော့ခြင်းတွင် နေထိုင်ခြင်းသည် အကောင်းဆုံး အပန်းဖြေစခန်း ဖြစ်ပေလိမ့်မည်။

ဘဝရဲ့ ရည်ရွယ်ချက်က သူများတွေကို အသက်ရှင်ခွင့်ပေးပြီး အသက်ရှင်နေဖို့လား။

သို့ဆိုလျှင် ကြက်၊ သိုးသငယ်နှင့် တိရစ္ဆာန်ညီအစ်ကိုများကို မည်သို့စားနိုင်မည်နည်း။

ဖန်ဆင်းရှင်နှင့် ပန်းသီးပွတ်နေသော ဘုရားသခင်ကို ဆုတောင်းလျှင် ရည်ရွယ်ချက်ရှိသည်။

ငါတို့ဘိုးဘေးပိုက်ဆံတွေ၊ ချင်ပန်ဇီတွေ ဘာကြောင့် ဒီသင်တန်းကို ဘယ်တုန်းကမှ မတက်ခဲ့ကြတာလဲ။

ရည်ရွယ်ချက်မရှိလျှင် သို့မဟုတ် ဦးတည်ရာမရှိသောဘဝ ဒီနေ့ပဲ ပျော်ရွှင်ငြိမ်ချမ်းစွာ နေထိုင်ရုံက တစ်ခုတည်းသော အဖြေပါပဲ။

ရည်ရွယ်ချက်တစ်ခုရှာဖို့ ကြိုးစားတဲ့အခါ၊ သံလိုက်အိမ်မြှောင်မပါဘဲ တောနက်ကြီးထဲမှာ ရှိနေတယ်။

သောင်မတင်ရေမကျမတွေးဘဲ ကိုယ့်ဘဝကိုယ်တည်ဆောက်ပြီး ခရီးထွက်တာ ပိုကောင်းပါတယ်။

ကျွန်တော်တို့ရဲ့ ခက်ခက်ခဲခဲရတဲ့ငွေတွေ ဘယ်မှာ ပျောက်ကွယ်သွားလဲ။

ကျွန်ုပ်တို့သည် ဘဝတစ်လျှောက်လုံး ဆွဲငင်အားနှင့် ပွတ်တိုက်မှုများကို ကျော်လွှားရန် စွမ်းအင်ကို ရရှိကြသည်။

သို့သော် သုညဆွဲငင်အားနှင့် ပွတ်တိုက်မှု သုညသည် သက်ရှိများကို ဆောင်းခဲ့ရန် တွန်းအားပေးမည်ဖြစ်သည်။

ဒြပ်ဆွဲအားရှိသော လျှပ်စစ်သံလိုက်ဓာတ်နှင့် ချူကလီးယား စွမ်းအားများသည် အသက်၏ အရင်းအမြစ်ဖြစ်သည်။

ပွတ်တိုက်မှုသည် ကျွန်ုပ်တို့၏ရုပ်ဝတ္ထုဘဝလမ်းစဉ်ကို လမ်းညွှန်ရန် အရေးကြီးပါသည်။

ကျွန်ုပ်တို့၏ ခက်ခက်ခဲခဲရငွေအများစုကို ဆွဲငင်အားကြောင့် သုံးစွဲကြသည်။

လှပသော ဝတ်စုံများနှင့် အဆင်တန်ဆာများသည် အပိုပစ္စည်းသာဖြစ်သည်။

အပိုအိတ်တွေအားလုံးကို ထပ်ပြီးသယ်ဖို့ စွမ်းအင်သုံးရမယ်။

ဒြပ်ဆွဲအား၊ လျှပ်စစ်သံလိုက်နဲ့ အဏုမြူစွမ်းအင်တွေနဲ့ ကစားတာက အသက်ပါပဲ။

သဘောထားကွဲလွဲမှု၏ အခန်းကဏ္ဍမှာ ဇနီးသည်လုပ်သည့်အတိုင်း အလုပ်အားလုံးကို လုပ်ဆောင်ရန်ဖြစ်သည်။

အစားအစာကို စွမ်းအင်အဖြစ် ပြောင်းလဲပြီး ခွန်အားကို ကျော်လွှားရန် စွမ်းအင်ကို အသုံးပြုပါ။

ရှင်သန်မှုအတွက် ဤအဓိကအလုပ်အား လုပ်ဆောင်ရန် homo sapiens တွင် အခြားရွေးချယ်စရာအရင်းအမြစ်များမရှိပါ။

သစ်ပင်များသည် ဆွဲငင်အားနှင့် ပွတ်တိုက်မှုတွင် ပိုမိုကောင်းမွန်သော အနေအထားတွင်ရှိသည်။

အစားအစာအတွက်ပင်၊ အလင်းဓာတ်ပြုခြင်းသည် ၎င်းတို့၏ထူးခြားသောလျှို့ဝှက်ချက်ဖြစ်ပြီး လွယ်ကူသောဖြေရှင်းချက်ဖြစ်သည်။

မွန်ငြိမ်

မုန်းတီးမှု၊ မနာလိုစိတ် သို့မဟုတ် လူ့ဘဝ၏ ရှုပ်ထွေးမှုများကို သူမသိပါ။

သူသည် သူ့သခင်နှင့် သူတို့၏သားလေးကို နှလုံးသားထဲမှ ချစ်မြတ်နိုးသည်။

သူ၏ ချစ်ခြင်းမေတ္တာနှင့် သစ္စာစောင့်သိမှုအပေါ် ရယ်မောဖွယ်ရာ စေ့ဆော်မှု သို့မဟုတ် စိတ်ဝင်စားမှု မရှိပါ။

သူသည် တိရစ္ဆာန်ပီပီနှင့် ရက်စက်ကြမ်းကြုတ်သော လူ့စိတ်ထက် တိရစ္ဆာန်ဖြစ်သည်။

ထို့ကြောင့် သခင်ကလေး၏ အသက်ကို ကယ်တင်ရန် သေခြင်းတရားကို တွန်းလှန်ပြီး ဒူးထောက်လိုက်သည်။

သူသည် သူ၏သခင်အပေါ် သစ္စာရှိပြီး ချစ်ခြင်းကြောင့် အောင်မြင်ခဲ့သည်။

သူ့ရဲ့ပြတ်ပြတ်သားသား ဇွဲလုံ့လနဲ့ သူ့ရဲ့ငယ်သူငယ်ချင်းကို ကာကွယ်ဖို့ ဆန္ဒရှိတယ်။

ဒါပေမယ့် ရှုပ်ထွေးပြီး ကြိုးတပ်ထားတဲ့ လူ့စိတ်က အမြဲတမ်း အဆိုးဘက်ကို အရင်တွေးတယ်။

မျောက်ကောင်ပေါ်က သွေးတွေကို ကြည့်လိုက်တော့ အမျိုးသမီးက ချက်ချင်း သတ်ပစ်လိုက်တယ်။

ဘာကြောင့်လဲ ဆိုတော့ ပထမဉပမာမှာ အကောင်းမြင်စိတ်နဲ့ တွေးခေါ် နိုင်တဲ့လူ တော်တော်နည်းတယ်။

ဘုရားကောင်းချီးများ

ဘုရားသခင်၏ကောင်းချီးများသည် အတွင်းပိုင်းအကဲဖြတ်ခြင်းနှင့် ဆက်ရှင်အမှတ်အသားများနှင့်တူသည်။

ဘုရားဝတ်ပြုပြီး ရွှေငွေ ပူဇော်လျှင် ကောင်းချီးမင်္ဂလာများ ရရှိမည်။

ဒီအရာတွေအားလုံးကို မလုပ်ရင် မင်းအသက်ရှင်နေလိမ့်မယ်၊ ဒါပေမယ့် အောင်မြင်မှုတွေက စောင့်ဆိုင်းနေလိမ့်မယ်။

သို့တိုင် ဆုတောင်းခြင်းမပြုဘဲ သီအိုရီကို ပြင်းပြင်းထန်ထန်ကြိုးစား၍ စာမေးပွဲအောင်နိုင်သည်။

ပန်းသီးအရောင်တင်မပါတဲ့ လူတော်တော်များများက ပိုကောင်းတဲ့ ဇာတ်လမ်းကို ရေးကြတယ်။

နေ့တိုင်း ဆုတောင်းနေတဲ့လူတွေလည်း ရောဂါနဲ့ ယာဉ်မတော်တဆမှုတွေနဲ့ သေကုန်တယ်။

ကိုးကွယ်ဆည်းကပ်သူမဟုတ်သူများအတွက်လည်း ဘဝနှင့်သေခြင်းသည် တူညီသောပါဝင်ပစ္စည်းများရှိသည်။

ဘာသာတရားပွဲစားတွေက ဘာကြောင့် ဆုတောင်းခြင်းကို ပိုအရေးကြီးတယ်ဆိုတာ နားမလည်ဘူး။

ဆာလောင်မွတ်သိပ်သူတောင်းစားပုံစံနဲ့ ဘုရားသခင်ကို ဘယ်နေရာမှာမှ မမြင်ဖူးပါဘူး။

ရုပ်ပတ္တု၊ပစ္စည်းဖြင့် ဘုရားသခင် လူ့ဇာတိခံယူခြင်းဆိုင်ရာ သိပ္ပံနည်းကျ အထောက်အထား ရှားပါးသည်။

ဘုရားသခင်၏ကောင်းချီးများရရှိရန်၊ ရိုးသားမှု၊ သစ္စာရှိမှု၊

သစ်သားသေတာ ပိုကောင်းတယ်။

ငါသည် နေ့နှင့်လအောက်၌ လဲလျောင်းသော သစ်သားသေဖြစ်၏။

မကြာခင်မှာ မိခင်မြေက စုပ်ယူခံရဖို့ မြန်တယ်။

ဒါပေမယ့် ရေညှိအတွက်၊ မှိုသေကောင်က ကုသိုလ်တစ်ခုပါ။

သေပြီးသည့်တိုင် အစာနှင့် အဟာရများ ထောက်ပံ့ပေးသည်။

သူတို့အတွက်၊ ငါသည် အနာဂတ်လမ်းကြောင်းအတွက် မီးရှူးတိုင်ကိုင်ဆောင်သူဖြစ်သည်။

မြေကြီးထဲမှာ လုံးဝနစ်မြုပ်ပြီး သူ့ရဲ့အစိတ်အပိုင်းဖြစ်လာတဲ့အထိပေါ့။

ပေါင်းပင်များနှင့် အင်းဆက်ပိုးမွှားများ၏ ဘဝသစ်သည် ပိုများလာလိမ့်မည်။

တစ်နေ့တော့ ဒုက္ခကလေးတွေက ဒီမှာ ငါ့မျိုးစိတ်တွေရဲ့ မျိုးစေ့တွေကို ကြဲချလိမ့်မယ်။

ငါသည် သစ်ပင်ကြီးကဲ့သို့ တဖန် ကြီးပွဲ၍၊ အကိုင်းအခက် ဒုက်တို့သည် ဝေမျှကြလိမ့်မည်။

ဖြစ်စဉ်တွင် ငါသည် မသေနိုင်သောသေတတ်သော၊ သစ်ပင်များဆီသို့ အားလုံးက ဂရုစိုက်သင့်သည်။

ငါ ဖုတ်ကောင်တွေနဲ့ အသက်ရှင်နေတယ်။

ငါသည် ဖုတ်ကောင်၏ အုပ်ထဲတွင် နေထိုင်သည်။

ငွေကို လောဘဇောနဲ့ စွဲနေတာ

သူတို့ရဲ့တန်ဖိုးစနစ်က သံချေးနဲ့ပုပ်တယ်။

စုဆောင်းထားသော ဖုန်မှုန့်များကို သန့်စင်ရန် ဆန္ဒမရှိပါ။

ပိုက်ဆံရှိမှသာလျှင် ယုံကြည်မှု အပြည့်ရှိတယ်။

ပန်းတိုင်သည် စည်းစိမ်ဥစ္စာနှင့် ဖောက်ပြန်ခြင်းများကို စုဆောင်းခြင်းဖြစ်သည်။

ထာဝစဉ်အသက်ရှင်ရန် လိုက်ရှာရင်း အကျင့်စာရိတ္တပျက်သွားခဲ့သည်။

သူတို့၏ တစ်ခုတည်းသော ရည်ရွယ်ချက်ဖြင့် သမာဓိကို စွန့်ပေလိမ့်မည်။

နွား၏သဘောထားကို မည်သူမျှ မပြောင်းလဲနိုင်ပေ။

မြတ်စွာဘုရား၊

ထောင်နှင့်ချီသော မြင့်မြတ်သော ယောကျ်ားများသည် သေပြီး အငြိမ်းစားယူကြသည်။

သို့တိုင် လောဘနှင့် တပ်မက်မှုအတွက် ဖုတ်ကောင်များသည် မပင်ပန်းပါ။

ပြီးတော့ ဘဝက ဒီလိုပါပဲ။

တနင်္လာ၊ အင်္ဂါ၊ စနေ နဲ့ တစ်ပတ်တာ ကုန်ဆုံးသွားပါပြီ။
ကောင်းမွန်သော နံနက်ခင်းတစ်ခုသည် လစဉ်ကြေးပေးချေရမည့်အချိန်ဖြစ်သည်။
ဇန်နဝါရီသည် ဖေဖော်ဝါရီနှင့် မတ်လ၊ ရုတ်တရက် ဒီဇင်ဘာသို့ ကူးပြောင်းသည်။
အချိန်က ကုန်သွားသည်နှင့် ဘတ်စ်ကားနှင့် ရထားကို စောင့်နေသည်။
လေဆိပ်ညှို့ခန်းတွင် စောင့်ဆိုင်းရခြင်းသည် ကားပေါ်တွင်
အချိန်ဖြုန်းခြင်းပင်ဖြစ်သည်။
လိုရာခရီးကိုရောက်ဖို့ နာရီပေါင်းများစွာကြာအောင် မောင်းရတာက
အသုံးမဝင်ပါဘူး။
ကျွန်ုပ်တို့သည် ဘဝ၏ သုံးပုံတစ်ပုံကို အိပ်ရာပေါ်၌ ဖြုန်းတီးနေခြင်းသည် အမြဲတမ်း
မသိသာပေ။
ကျောင်းသားဘဝမှာ မလိုအပ်တဲ့အရာတွေကို လေ့လာနေတဲ့ ခြောက်နာရီက
တန်ဖိုးမရှိပါဘူး။
ဆရာဝန်တွေရဲ့ အခန်းအပြင်မှာ စောင့်နေရတဲ့ အချိန်က နေးကွေးနေတယ်ဆိုတာ
သိလိုက်ရတယ်။
ဘယ်သူကမှ မရေမတွက်နိုင်တဲ့ အဖြစ်အပျက်မှာ ငါတို့ ဘယ်နှစ်လလောက်
နေခဲ့ရတယ်။
ငယ်စဉ်ကတည်းက စာမေးပွဲခန်းထဲမှာ သုံးနာရီလောက် စာသင်ရတာ
တော်တော်ကြီးတယ်။
ဘဝကို ပိုကောင်းအောင်လုပ်ဖို့ ငါတို့အချိန်ဘယ်လောက်သုံးလဲဆိုတာ
ထည့်မတွက်ဘူး။
တူညီသောစက်ဝန်းတွင် ကျွန်ုပ်တို့သည် လှည့်ပတ်ပြီး ရွေ့လျှားနေပါသည်။
လူသားသည် သတ်မှတ်ထားသော အချိန်အတွင်း နေကို လှည့်ပတ်ရန်
ချည်နှောင်ထားသော ပြိုဟ်ဖြစ်သည်။

သက်တောင့်သက်သာရှိတဲ့ ပုံမှန်အလုပ်ကနေ မထွက်နိုင်ရင် နေရောင်ခြည် မထွက်ဘူး။

ထင်ယောင်ထင်မှားဖြစ်စေသော အောင်မြင်မှုနှင့် လက်ခုပ်တီးခြင်းအတွက် ပြေးနွှန်းပြိုင်ပွဲများ

မင်းရဲ့ကိုယ်ပိုင်ဘဝကို မင်းရဲ့ထူးခြားတဲ့နည်းလမ်းနဲ့ ဦးဆောင်ဖို့ မင်းနောက်ကျနေတယ်။

အချိန်စေ့သောအခါ သင်္ချိုင်းသို့သွားရမည်။ မင်းသဘောပေါက်တယ်၊ ငါက သတ္တိမရှိလို့ သတ္တိမရှိလို့ တခါမှ မတူဘူးလို့ မတွေးဘူး။

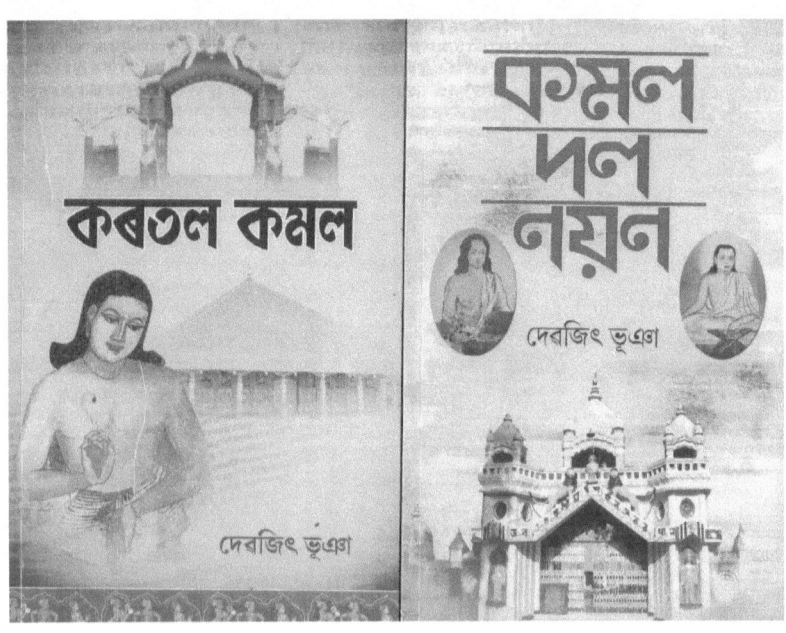

အသဲကွဲ

ရုတ်တရက် နှလုံးကွဲသွားတဲ့အခါ
တချို့လူတွေ မူးလာတယ်။
ဒါပေမယ့် ဒါက သက်သေပြတဲ့ဆေးမဟုတ်ဘူး။
မင်းရဲ့အသက်ကို အလွယ်တကူ ခိုးသွားနိုင်တယ်။
မည်သည့်အခိုက်အတန့်တွင်မဆို ဖြစ်ပျက်နိုင်သည်။
အတိတ်ကို မေ့ပြီး ရှေ့ဆက်ဖို့ဆိုတာ လွယ်ပါတယ်။
ဒါပေမယ့် လူတိုင်းက Gay မဖြစ်လာနိုင်ပါဘူး။
ကြေကွဲနေတဲ့ နှလုံးသားအတွက်၊ ငါတို့ပေးရမယ့်ဈေး
အထီးကျန်စွာ တွေးတောမိသောအခါ၊ နည်းလမ်းရှာနိုင်သည်။
နံနက်တိုင်း နေမင်းကြီးသည် ကျွန်ုပ်တို့အား မျှော်လင့်ချက်အသစ်နှင့်
ရောင်ခြည်ဖြာထွက်စေသည်။
နှလုံးကွဲသွားတဲ့အခါ တချို့လူတွေက သက်သေကြပါတယ်။
ဒါပေမယ့် ဝမ်းနည်းနေချိန်မှာ မြန်မြန်ဆုံးဖြတ်ပါ။
အပြင်ကလူတွေရဲ့နာကျင်ကိုက်ခဲမှုတွေကို ကြည့်ပါ။
မျှော်လင့်ချက်မဲ့နေရင်တောင် နာကျင်မှုက တဖြည်းဖြည်း သက်သာလာပါလိမ့်မယ်။
ပြဿနာအားလုံး၏ အဖြေကို အတွင်း၌သာ တွေ့ရလိမ့်မည်။

ရပ်တန့်နိုင်သောနည်းပညာ

ယဉ်ကျေးမှုစရိုက်တွေ ပြောင်းလဲလာတယ်။

အခု လူတွေက ပိုအသိဉာဏ် ပိုကောင်းလာတယ်။

ဓားတန်ခိုးဖြင့် သာသနာပြန့်ပွားရန် ခက်ခဲသည်။

သေနတ်များဖြင့် ကွန်မြူနစ်ဝါဒကို အတင်းအကြပ် တွန်းလှန်၍ မရပါ။

သို့သော်လည်း စစ်တပ်က ဒီမိုကရေစီကို အပိုင်စီးဖို့ဆိုတာ ရှားပါတယ်။

တချို့လူတွေက အတူယှဉ်တွဲနေထိုင်ရေးမှုကို လက်မခံကြသေးဘူး။

သူတို့ရဲ့ယုံကြည်ချက်တွေကို ကာကွယ်ဖို့အတွက် ကမ္ဘာတစ်ဝှမ်းလုံးမှာ ခုခံမှုကို ကျွန်ုပ်တို့တွေ့နေရပါတယ်။

သို့သော် ယဉ်ကျေးမှု ထွန်းကားမှုသည် စဉ်ဆက်မပြတ် တည်ရှိနေပါသည်။

နည်းပညာ၊ သယ်ဆောင်ရေးလိုင်းသည် နယ်နမိတ်များကို ဘယ်တော့မှ ဂရုမစိုက်ပါ။

အခုလည်း တောမီးတွေလို လူသားတွေကို လောင်နေတာ၊ ရပ်တန့်လို့ မရဘူး။

မကြာခင်မှာပဲ လူမှုရေးစနစ်တွေ ကွဲလွဲမှုတွေ ပျက်ပြားသွားလိမ့်မယ်။

ကျားမ မညီမျှမှု

သူမ ပါးပြင်အောက်မှ မျက်ရည်များကို သုတ်လိုက်ပြီး ကောင်းကင်ကို မော့ကြည့်လိုက်သည်။

ကလေးလေးယောက်က သူ့အဝတ်တွေကို ဆွဲနေကြတယ်။

လွန်ခဲ့တဲ့ ခြောက်နှစ်လောက်က သူ့အမေကို ထားခဲ့တာ။

ငိုပြီး ငိုနေပေမယ့် ဘယ်သူမှ နားမထောင်ဘူး။

သားသမီးဆယ်ယောက်တွင် အကြီးဆုံးဖြစ်သောကြောင့် နီကာကို လက်ခံရမည်။

သူမ၏တာဝန်မှာလည်း သူမ၏ညီမခြောက်ယောက်အတွက်သာဖြစ်သည်။

အိမ်မှာရှိနေတဲ့ အကြီးဆုံးသားက ဘယ်လိုလက်ထပ်မလဲ။

ထိုးဖောက်မှုပထမအကြိမ်တွင် သူမသည် ဆယ့်သုံးနှစ်သာရှိသေးသည်။

ခင်ပွန်းဖြစ်သူကို ကြည့်ပြီး ဘယ်လောက်ထိထိတ်လန့်နေလဲဆိုတာ မှတ်မိနေပါသေးတယ်။

ထိုအမျိုးသား၏ အခြားမယား သုံးယောက်သည်လည်း သူမအား နာကျင်စွာ ကြည့်နေလေသည်။

ဒါပေမယ့် သူတို့မှာ တခြားရွေးချယ်စရာမရှိပေမယ့် သူ့ကို အိပ်ခန်းအသစ်ဆီ ပို့ပေးဖို့ကလွဲလို့ပေါ့။

ယခုအခါ အမျိုးသမီး လေးဦးစုလုံးသည် မုန်းတီးမှုနှင့် မနာလိုစိတ်များဖြင့် အတူတကွ နေထိုင်နေကြသည်။

ဘာကြောင့်လဲဆိုတော့ သူတို့မှာ သားသမီးတွေကို ကျွေးမွေးပြီး ပညာပေးတယ်။

သူတို့ မဖြစ်ခဲ့ဘူးလို့ မျှော်လင့်ထားသလို တစ်နေ့ နေထွက်လိမ့်မယ်။

ဘုရားသခင်ရဲ့နာမတော်အားဖြင့် ကမ္ဘာကြီးဟာ ကျားမတန်းတူညီမျှမှုကနေ ကင်းစင်ပါလိမ့်မယ်။

တစ်နေ့ကျရင် မွန်မျက်နှာကျက် မရှိတော့ဘူး။

တစ်ချိန်က သူမကို မီးသဂြိုလ်မြေမှာ သေခိုင်းခဲ့တယ်။
သူတို့သည် ကျယ်လောင်သော တေးဂီတနှင့် ဒရမ်များကို တီးခတ်ကာ သူမ၏ နာကျင်သော အသံကို နားမထောင်ဘဲ နေခဲ့သည်။
သူမသည် အမျိုးသားဝတ်ပြုရန် ကျွန်ကဲ့သို့ ဆက်ဆံခံရသည်။
မိဖုရားတောင်မှ တစ်သက်လုံး မျက်ကန်း ဖုံးနေခဲ့တယ်။
ယောက်ျားအတွက် ကျေနပ်စေရန်သာ အကြောင်းပြချက်မရှိဘဲ နှင်ထုတ်ခံခဲ့ရသည်။
ခင်ပွန်းသည်၏ အမည်ကို လူအများကြားတွင်ပင် သူမ အသံထွက်နိုင်ခဲ့သည်။
သူမသည် သူမ၏အိမ်တွင် လှောင်အိမ်ထဲတွင် ငှက်တစ်ကောင်လို နေထိုင်ခဲ့ပြီး DNA ထိန်းသိမ်းရန်အတွက် ဥများဥခဲ့သည်။
ဘာသာရေးပွဲစားတွေက သူမကို ဘုရားကျောင်းထဲတောင် မဝင်ခိုင်းဘူး။
ဒါပေမယ့် လူ့ယဉ်ကျေးမှု့ရဲ့ အလင်းရောင်ကို သယ်ဆောင်ရဲတဲ့ သူမရဲ့သတ္တိက ဘယ်တော့မှ ဒုက္ခမပေးပါဘူး။
ထို့ကြောင့် မိခင်ဘာသာစကားကို မိခင်ဘာသာစကားဖြင့် ခေါ်ဆိုနေကြဆဲဖြစ်သည်။
ယခု သူမသည် ပွင့်လင်းသော ကောင်းကင်တွင် လှောင်အိမ်ထဲမှ ထွက်နေပြီဖြစ်သော်လည်း အမြင့်များစွာ ပျံသန်းရပေတော့မည်။
ကျား-မ ခွဲခြားဆက်ဆံမှု မရှိစေရတဲ့ မွန်မျက်နှာကျက် ကွယ်ပျောက်သွားမည်။
မိခင်၏ဂုဏ်သိက္ခာနှင့် မိန်းမပီသခြင်း၏ ဂုဏ်သိက္ခာကို မည်သူမျှ ညှိုးနွမ်းစေမည်မဟုတ်ပါ။။

ဘုရားသခင်သည် သူ၏ဆုတောင်းအိမ်များကို စိတ်မဝင်စားပါ။

ကမ္ဘာကြီးသည် ဗလီများ၊ ဘုရားကျောင်းများနှင့် ဗိမာန်များ ပြည့်နှက်နေသည်။ သို့သော် ကမ္ဘာပေါ်ရှိ ငြိမ်းချမ်းရေးနှင့် ညီအစ်ကိုအသင်းအပင်းသည် မကြာခဏ ဒုက္ခပေးလေ့ရှိသည်။

အကြမ်းဖက်မှုနှင့် စစ်ပွဲကင်းစင်သော လူသားမျိုးနွယ်အတွက် ဖြေရှင်းချက်သည် မရှိရှင်းပါ။

ဘုရားသခင်၏နာမတော်၌ ဘာသာတရားအားလုံးသည် ညစ်ညူးပြီး ရွတ်ရွဲရွဲနှင့် ကစားကြသည်။

ရမသွာန်လမြတ်၌ပင် လူတို့သည် ဒုက္ခကို ဖန်တီးကြကုန်၏။

ဘုရားသခင်သည် သူ၏ဆုတောင်းဗိမာန်ကို ကမ္ဘာပေါ်ရှိ မည်သည့်နေရာတွင်မှ ကာကွယ်ရန် မကြိုးစားခဲ့ပါ။

ပျက်စီးသွားတဲ့ ဗလီတွေ၊ ဘုရားကျောင်းတွေ၊ ဘုရားကျောင်းတွေ အတွက်တော့ သူက အေးဆေးပါပဲ။

ဘုရားသခင်နာမတော်၌ သတ်ဖြတ်ခြင်းများကို ရပ်တန့်ရန် သူသည် ဘယ်သောအခါမှ ရဲရင့်စွာ မကြိုးစားခဲ့ပါ။

ဆင့်ကဲဖြစ်စဉ်နှင့် သဘာဝဖြစ်စဉ်အားဖြင့်၊ အရာအားလုံးသည် ကျယ်ပြန့်သည်။

တစ်နေ့နေ့တွင် တက်ကြွ၍ မလှုပ်ရှားနိုင်သော ဘုရားသခင်၏ အကြံအစည်သည် မရောင်းရသေးပါ။

ဘုရားသခင်နာမတော်၌ လူများခွဲဝေခြင်းသည် လူသားတို့ကို ဒုက္ခပေးခဲ့သည်။

သန့်ရှင်းသောမြို့များဟု ခေါ်တွင်သော အမြတ်အစွန်းများသော ဘဏ္ဍာတိုက်ကို ဖွင့်လှစ်ထားသည်။

လက်နက်ခဲယမ်းမီးကျောက်များဝယ်ယူရန်အတွက် ဘာသာရေးခေါင်းဆောင်များက အတိုးစားလုပ်နေကြသည်။

ယနေ့ခေတ်တွင် အကြမ်းဖက်မှုနှင့် အကြမ်းဖက်မှုများအတွက် ဘာသာရေးနေရာများသည် ပျိုးခင်းဖြစ်သည်။

ခြွင်းချက်အနေနဲ့ကတော့ ဗုဒ္ဓဘာသာဘုန်းကြီးတွေကို ဝတ်ပြုရုံပါပဲ။

စာရေးသူအကြောင်း

Devajit Bhuyan

နှလုံးသားထဲက ကဗျာဆရာကြီးဖြစ်ပြီး လျှပ်စစ်အင်ဂျင်နီယာ DEVAJIT BHUYAN သည် အင်္ဂလိပ်နှင့် သူ၏မိခင်ဘာသာစကား Assamese တို့ကို ကဗျာရေးစပ်ရာတွင် ကျွမ်းကျင်သည်။ သူသည် Institution of Engineers (India)၊ Administration Staff College of India (ASCI) နှင့် Asam Sahitya Sabha ၏ အမြင့်ဆုံးစာပေအဖွဲ့အစည်း၊ လက်ဖက်ရည်၊ ကြို့နှင့် Bihu တို့၏ ဘဝအဖွဲ့ဝင်တစ်ဦးဖြစ်သည်။ လွန်ခဲ့သော ၂၅ နှစ်အတွင်း သူသည် ဘာသာစကားပေါင်း ၄၅ မျိုးဖြင့် ထုတ်ဝေသူအမျိုးမျိုးမှထုတ်ဝေသော စာအုပ် ၇၀ ကျော်ကို ရေးသားခဲ့သည်။ ဘာသာစကားအားလုံးဖြင့် ထုတ်ဝေခဲ့သော သူ၏စုစုပေါင်းစာအုပ်များသည် ၁၅၇ ရှိပြီး တစ်နှစ်ထက်တစ်နှစ် တိုးပွားလာသည်။ သူထုတ်ဝေခဲ့တဲ့ စာအုပ်တွေထဲက ၄၀ လောက်က အာသံကဗျာစာအုပ်တွေဖြစ်ပြီး ၃၀ က အင်္ဂလိပ်ကဗျာစာအုပ်တွေဖြစ်ပြီး ၄ စောင်က ကလေးတွေအတွက်ဖြစ်ပြီး ၁ စောင်က ၁၀ ပုဒ်လောက်က ခေါင်းစဉ်အမျိုးမျိုးနဲ့ထုတ်ပါတယ်။ Devajit Bhuyan ၏ ကဗျာသည် ကျွန်ုပ်တို့၏ ကမ္ဘာမြေကြီးတွင် ရရှိနိုင်သော အရာအားလုံးကို ဖုံးအုပ်ထားပြီး နေအောက်တွင် မြင်နေရပါသည်။ သူသည် လူသားမှ တိရိစ္ဆာန်များအထိ ကြယ်များအထိ နဂါးငွေ့တန်းများအထိ သမုဒ္ဒရာများအထိ သစ်တောများအထိ လူသားများအထိ စက်ယန္တရားများ နည်းပညာနှင့် ရရှိနိုင်သော အရာများနှင့် စိတ္တဇအရာအားလုံးကို စစ်ပွဲအထိ ကဗျာရေးစပ်ခဲ့သည်။ သူ့အကြောင်းပိုမိုသိရှိလိုပါက *www.devajitbhuyan.com* သို့ဝင်ရောက်ကြည့်ရှုပါ သို့မဟုတ် ၎င်း၏ YouTube ချန်နယ် *@careergurudevajitbhuyan1986* ကိုကြည့်ရှုပါ။

www.ingramcontent.com/pod-product-compliance
Lightning Source LLC
LaVergne TN
LVHW041848070526
838199LV00045BA/1498